魚・漁・愚

四十前集

潘壘 著

總序
無擾為靜，單純最美

宋政坤

記得三十年前大二那年暑假，我一個人待在陽明山，窩在學校附近的宿舍裡——避暑、看書、打球，日子過得好不愜意。那時候我瘋狂的迷上讀小說，其中最喜歡且印象最深刻的就是潘壘寫的《魔鬼樹——孽子三部曲》、《靜靜的紅河》（以上皆聯經出版）。那年暑假我糾結在潘壘筆下小說人物的內心世界裡，山與海彷彿都充滿著熱與火，劇情結構好像電影，有鏡頭、有風景，愛恨糾纏，直叫人熱血澎湃。那是我年輕時代裡最美好的一個暑假，此後就再也沒有過。總覺得那年暑假帶走我少年時最後一個夏季！那段山上讀書無憂無慮的日子，在我記憶裡總是如此深刻。

之後幾年，我一直很納悶，像潘壘這樣一位優秀的小說家，怎麼會突然就銷聲匿跡似的，再也不見蹤影？難道他已經江郎才盡？或者他早已「棄文從影」？又或者是重返故鄉，至此消逝於天涯？我抱持這樣的疑惑，直到真正遇見他本人。

那是十年前（二〇〇四年）某天下午，《野風雜誌》創辦人師範先生，很意外地帶著一位看起來精神矍鑠的長輩造訪秀威公司。當他們突然出現在辦公室時，我一時還真有點手無足措，當時我正和幾位同仁開會，小小的辦公室擠不下更多的人，開會的同仁們見狀一哄而散。我一得知坐在師範身旁的就是作家潘壘時，當下真是驚訝到說不出話來，不是矯情，真正是恍然如夢。因為有太多年了，我幾乎再也沒有聽過潘壘的消息；就像已經有太多年了，我幾乎忘掉那一個青春的盛夏！

我們好像連客套的問候都還沒開始，潘壘先生就急著問我是否有可能重新出版他的作品，而且如果能夠的話，他想出版一整套完整的作品全集。我當時才確認，潘壘八〇年代以後再也沒有新作問世。他突然丟出這個難題，我一時竟答不出話來，想到這套作品至少有上百萬字，全部需要重新打字、編校、排版、設計，這無疑將會是一筆龐大的支出，以當時公司草創初期的困窘，我實在沒有太多勇氣敢答應。對於這麼一位曾經在我年輕時十分推崇而著迷的作家，竟是在這樣一個場合下碰面，我實在感到十分難堪。在無力承諾完成託付的當下，我偷偷地瞥他一眼，見他流露出一抹失落的眼神，老實說，我心情非常難過，甚至於有一種羞愧的感覺。這件事、這種遺憾，我很少跟別人說，卻始終一直放在心上，直到去年。

去年，在一次很偶然的機會裡，我得知國家電影資料館即將出版《不枉此生——潘壘回憶錄》（左桂芳編著），秀威公司很榮幸能夠從中協助，在過程中我告訴編輯，希望能夠主動告知潘壘先生，秀威願意替他完成當年未竟的夢想，這次一定會克服困難，不計代價，全力完成《潘壘全集》的重新出版。對我來說，多年的遺憾終能放下，心中真有一股說不出來的喜悅。作為一個曾經熱愛文藝的青年，已屆中年後卻仍有機會為自己敬愛的作家做一些事，這真是一種榮耀，我衷心感謝這樣的機會，這就像是年輕時聽過的優美歌曲，讓它重新有機會在另一個年輕的山谷中幽幽響起，那不正是我們對這個世界的傳承與愛嗎？

最後，我要感謝《潘壘全集》的催生者師範先生，感謝他不斷給予我這後生晚輩的鼓勵與提攜；同時也要感謝《文訊雜誌》社長封德屏女士，感謝她為我們這個時代的文學記憶保存許多珍貴的資料；當然，本全集的執行編輯林泰宏先生，在潘壘生活的安養院裡花了許多時間跟他老人家面對面訪談，多次往返奔波，詳細紀錄溝通，在此一併致謝。

無擾為靜，單純最美。當繁華落盡，我們要珍惜那個沒有虛華、沒有吹捧，最純粹也最靜美的心靈角落。當潘壘的生命來到一個不再被庸俗干擾的安靜之境，當他的作品只緩緩沉澱在讀者單純閱讀的喜悅中，我想，一個不會被忘記的靈魂，無論他的身分是「作家」，或是「導演」，都將永遠活在人們的心中。

謹以此再次向潘壘先生致敬！

二〇一四年八月一日

目次

獨語集

未完成的「獨語集」——前記

照理，這個集子應該編入「三十前集」裡面才對，因為我寫作的時間是從民國四十二年春天開始，那個時候，我只有廿七歲。最早的一篇「魚・漁・愚」在中央日報副刊發表之後，我意外的得到很多文友和讀者的鼓勵，使我決心以這種介乎小說與寓言之間的體裁一篇篇寫下去。當時我的計劃是寫十二篇，總名「獨語集」——那就是譏誚自己自說自話的意思。後來，我一共只寫了九篇，而第九篇完成的時候，已經是民國四十六年了。因此，我現在將它編入「四十前集」之內，也應該說得過去。另外一個理由：就是我在構思和寫下這些短文之時，正患有極其嚴重的神經衰弱症，當時我總認為是心臟病，終日如大禍臨頭，怔忡不安；雖然我當時是生活在一大群快活的年輕人之中，但我的孤獨感卻比處身於荒野更甚。這也就是我用「獨語」作為集名的一個說明了。

現在，由於部份剪報及原稿散失，只找到「魚・漁・愚」等四篇，苦思再三，仍然決定用原名編入集內。但，它只是一個未完成的集子，而且將來也很難有機會將它完成了。

潘壘記於民國六十六年五月

魚·漁·愚

從我的住處跨過鐵道和一條防波堤，再經過那小小的竹林和葱綠的稻田，便是淡水河上游的河道了。在那個地方，我可以看見遠處的川端橋，被一排低矮的老榕樹掩映著。水位低的時候，河心便會露出一條狹長的圓卵石灘；偶爾有一隻白鷺輕輕地落在水邊，輕得像一片枯葉，然後，牠輕輕地收回牠那白淨而曼美的翅膀，將牠的頭昂起來……

當我從煩囂中搬到這介乎都市與鄉村之間的地方居住之後，我總喜歡在黃昏的時候於岸邊漫步，雖然暮色是令人惆悵的。這時，像夢一樣，四周已升起昏茫的霧靄，捉蝦的老人走遠了，川端橋的黑影漸漸溶解在落霞的殘輝裡。於是，整個宇宙在轉瞬間沉沒了。

驀然，我感到生命的寂寞。

但，我知道我是為尋找寂寞而來的。

直至有一天，我從這澄潔的河水中窺見我那乾渴而憂愁的眼睛，我才記起我原是愛水的。我是一個漁夫的兒子，我有全部屬於海的秉賦。於是，我又記起故鄉的潮汎；魚船那粗壯的桅的臂膀；

在歡笑的風帆……

我還記起，父親曾經送給我的一根很好的釣竿；它教我堅忍，在這醜陋的人世中。

於是，我在小竹林裡找到一根可以作為釣竿的青竹，用白線代替釣絲，浮標是掃帚的蘆莖，我將一枚大頭針彎成一隻釣鈎，以小蚯蚓為餌，然後帶著一種奇異的熱望和激動的心情到河邊去。

然而，兒時的歡樂，像所有我曾經獲得而又失落的歡樂一樣，流水般過去了！我要以記憶的腳步在時間的狹徑上將它追回來嗎？我只不過是倔強地噙著眼淚，微笑著，繼續在這渾濁的人世中找尋一個更大的、愚人所擯棄的寂寞而已。

在河邊，我選擇了一個沉靜的灣流。經驗告訴我，魚大多是生活在這種地方的。當我開始垂釣的時候，我才發現有一個年輕人異常安靜地坐在離我不遠的小樹下。

他有一副美好而可親的智者的容顏；他的頭上覆蓋著厚厚的黑髮，有一種執拗的光澤從他那深沉的眼睛裡透射出來。他的手上拿著一副很好的魚具，只要從魚竿的色彩和竹節的環套上看，便能證明它是被他加意愛護著的；他的身邊，放著一隻用精細的斑竹編織的魚筐。他坐著，異常安靜地坐著，全神專注於水上的浮標，彷彿並沒有發覺我在他的附近似的。直至我在黃昏前回去，他依然沒看過我一眼。

第二天，我一早便到河邊去。那個年輕人已經坐在那兒了，好像在兩個鐘頭之前，他已經坐在那兒似的。我故意用種種動作和聲音去引他注意，而他仍然跟昨天一樣，異常安靜地坐著，全神專注於水面上的浮標。

這樣過了幾天，從旁觀察，我已經認定他是一個有怪癖的人了。這並不是指他不理會我，而是說他的目的並不在釣魚。因為當他將魚釣起來的時候，不論大的或是小的，他幾乎是不屑一顧地，便將那條魚放回河裡去。

這樣又過了變天，我發現我以前對他的推斷錯誤了。因為，假如說他的目的不在魚，而是為了消遣的話，那麼，他應該帶著快樂來，然後帶著快樂回去。但，他並不這樣，每天當他回去的時候，都帶著失望和憂愁。

那麼，他到底是為什麼而來的呢？

這是個謎。為了這個謎，我愈加注意他了。有時，我比他早到河邊，看著他帶著幸福的笑容和腳步走來；有時，我讓他先走，看著他馱著疲乏和哀愁回去………

難道說，他也和我一樣，是為了尋找寂寞而來的嗎？

半個月後的一個早上，我突然發現他的容貌和意態變了，變成一個失意的中年人；他的容貌憔悴，意態蕭索；雖然他的眉宇間依然有那種超脫的神采，但我仍能從他那略含憂鬱的眼睛和微微鬆弛的嘴角發現他變了。

我想：也許是因為他病了。

而他，他證實自己並沒有病，他仍然和以前一樣，每天都到河邊來。

有一天，一條我認為這條河最大的魚被他釣起來了。可是，他猶豫了一陣，終於又將魚放了，然後帶著更大的失望和更深更濃的憂愁回去。

又是半個月後的一個早上，他來得比較遲，當他向河邊走過來的時候，我簡直不敢相信這就是他了。雖然我能從他臉部的輪廓和神態上證實，這個老人就是他。他的腳步沉重而遲滯，傴僂著背，鬢髮斑白。然而他仍帶著那幸福的笑容和那奇異的熱望。顯然，我被他的容顏和老態驚嚇了。一個年輕人會在一個月中變成這樣衰老嗎？忽然，我懷疑他是一個水的精靈，但，我是不信鬼神的。

以後的幾天中，他的運氣很好，他釣到許多大魚：翡翠色的，瑪瑙色的，紫色的，黑色和銀色的，而他都毫不吝嗇地將牠們放了……

半個月又過去了。

這是一個晴朗的好日子，萬里無雲，鶉鴣在竹林裡叫著，魚在河心跳躍……將近中午，當我認為他今天不會來的時候，他扶著一支手杖來了。他已鬚髮蒼白，老態龍鍾。急促地喘息著，困難地移動著腳步。坐下之後，他用一種迂緩的動作整理他的魚具，又開始垂釣。

這一天，他被震盪於激情中，從他的眼睛裡，我窺見一個狂熱的願望在燃燒著。黃昏的時候，他突然釣起一條金色的大魚。我相信這條魚是世上罕有的，它的鱗片上閃爍著一層耀眼的光芒，就如同這位衰邁的老人眼睛中所閃爍的光芒一樣。從他那狂喜而被奇蹟昏惑的神態中，我想，這就是他理想中所要釣的魚了。

我以為我已分嚐了他的快樂。

我看見他有點不知所措地捧著那條金色的大魚，可是他的神色漸漸變了，他那雙明亮的眼睛漸漸變得灰黯下來；半晌，他絕望而痛惜地伸出他那枯瘦而顫抖的手指，依戀地愛撫著那些發光的鱗片，然後輕輕地將那條金色的大魚放回水裡去。

然後，他疲乏地站起來，用盡所有的力氣折斷了手上的魚竿，返身向來的路走回去……

我忍不住追上去，拉著他的衣袖，急急地問道：

「你是為什麼來的呢？」

「我要釣金色的大魚。」他平靜地回答。

「剛才那條不是金色的大魚嗎？」

他慢慢地回轉身，用他那慈愛而憐惜的目光凝視著我，微笑著說：

「是的，孩子。那是一條金色的大魚。」

於是他返身走了。

從此，在河邊我再也看不見他了。但我將永遠每天到那兒去，直至我能夠解釋這個謎。

在愚人的心中，這並不是謎呢！

四十三年一月五日於臺北

夢裡的愛情

我是一個多夢的幻想者，我不能記起夢從哪一天開始都到我的生活裡來。而且，和世上所有的科學家哲學家一樣，我不能解釋夢；它是什麼？它怎樣形成？它對於人類的意義？自從我搬到這孤獨的小屋裡居住之後，由於我得到更多的時間讓我沉思，我已經漸漸失去分別夢境和現實生活的能力了。

從我認為自己應該有個家的那天開始，我便養成了購買零物的癖好，只要興之所及，不管它的價格貴賤或者是否有用，我都買回來，堆在「家」裡，但搬到這兒來之後，因為地方太小，除了幾件能用的之外，我將它們擺在一隻大木箱裡，放在牆角，作為放臉盆和雜物的几子。假如不是為了我要想重新拿起那荒廢了十年的畫筆，畫幾幅油畫的話，我相信這隻花瓶絕對不會從木箱裡拿出來的。我已經將它忘了。

它是一隻很小的藍磁花瓶。是素色的，大概我是因為它的顏色才會買它。瓶底像普通的杯子那麼大，頸部細而長，瓶口很小；那些粗莖的夜來香和康乃馨連一枝都插不進去。這次我用它來作畫，完全是因為我很少畫靜物，我是學畫人像的。可是在這附近，我又找不到合適而且願意被我畫的人，我只好畫它了。

那天，我先用揮發油浸潤那些舊畫筆，將一方沒用的細帆布釘在一隻自製的小木框上，可是，在構圖上使我煞費苦心，仍然不能動筆。因為只畫一隻小花瓶，未免太單調了；加些別的東西進去吧，又顯得紊亂而不調和。於是我準備到外面去找幾枝能夠襯托那空虛畫面的花。當然，最重要的，還是要那枝花能夠插進那狹小的瓶口裡去。

但田野裡是找不到花的；鄰居那石塘圍牆裡面，雖然種植有許多花木，可是那兩扇緊閉的鐵門，不允許我進去。結果，我只不經心地從牆根的石縫中擷下一朵不知名的小黃花，插進我那隻小藍磁花瓶裡。

於是我開始畫這幅畫，因為光線是從右上角灑下來的，所以在設色方面，我將陰影和背景溶合為一種黯淡的冷色；這一來，瓶頸和底部背光的部份，便變成鬱藍色了；我知道，假如我將這朵花畫成黃色，它一定會從畫面上突出：這正是我要強調的地方。可是，當我正要將黃色塗上去的時候，我忽然變了主意；我認為這朵小黃花太平凡，平凡得沒有一點香味，而且，花瓣和花萼太呆板，宛如一朵紙製的，凋零的矢車菊。我想，如果我將它畫成一朵玫瑰，用藍色，那麼這張畫便有一種朦朧的夢的情趣了。

當我蘸著藍色的油彩，正要舉筆的當兒，突然有一種訕笑的聲音在我的耳邊響起來。

「你在做一件愚蠢的事情呢！」那聲音說。

等到我環視四周，發覺只有我一個人時，我愣了一陣，然後吶吶地低聲發問：「你是誰呢？」

「這對於你並不重要。我只要告訴你，世界上並沒有藍色的玫瑰。」

「但我曾經看見過！」我固執地說。

「我知道，那是在你的夢裡，」那聲音補充道：「——夢是虛幻的。」

「你走開吧，我憎恨這種論調。」

「你會後悔的。」

「後悔？」我惱怒地重複著：「我絕不後悔我所做的事！不過，你是一位先知嗎？」

「天國裡才會有先知。」

「那麼，你是從地獄裡來的？」

「不！我是一個已尋獲真理的人。」

「人？」我大聲笑起來。「別在這兒打擾我吧——人！」

她不響，我知道她仍在我的身邊，於是我說：

「你既然已經尋獲真理，那麼，你還向我要求什麼呢？」

「不是要求，是賜予。」那聲音繼續說：「我要告訴你一個真理的故事。」

「可是各種經典我都讀夠了，我知道好些真理的故事。」

「但，這是屬於藍玫瑰的。」

我看了看畫布上那朵沒有著色的小黃花，聽見那聲音用一種委婉的語調在我的耳邊說：

我從小就向自己立下一個信誓：誰將藍玫瑰獻給我，我便給他以我全部的愛情。

於是，我每天祈禱，盼望哪位黑騎士帶著藍玫瑰向我走來。但，我漸漸長大了，我等候了無數個春天，我跑遍了天涯海角，我找不到那藍色的玫瑰。

有人說，藍玫瑰世上只有一朵，被信徒供奉在神的腳畔。誰偷了，誰便要永世沉淪。

有人說，藍玫瑰世上只有一朵，被魔鬼藏在黑夜的髮裡。誰想要，就得拿生命交換。

日子一天天流過去，我仍守著我的信誓，不肯將愛情賜給任何人。我是那麼焦渴和悲傷，我為它而憔悴，讓憂愁封閉我的心。可是，我看不見那藍色的玫瑰。

但奇蹟終於發生了，在一個夜裡，我瞥見黑騎士從霧中向我走過來，他跳下他那匹美麗的駿馬，那朵我朝夕盼望的藍玫瑰插在我的衣襟上。

於是，他成為我的情人。

「他曾經帶我騎著他那美麗的駿馬，追逐夜空的雲朵，他採下星星為我串一條項鍊；然後像蒲公英般從月宮飄下，不斷地在我的耳邊說著甜蜜的情話。」

然而，在天亮之前，他便悄然離我而去。直至我孤獨而痛苦地挨過白晝，他才在黑夜回到我的身邊。

漸漸地，我感到空虛，若有所失，因為有陽光的地方我看不見那朵美麗的藍玫瑰；而夜，卻比流星更短促。

有一天，為了要去參加一個盛大的舞會，我終於向他要求道：

「陪我去參加那個舞會吧！我的情人。」

「我討厭有人的地方。」他不悅地回答。

「但我是個人呢！」

「所以我要你將你的白晝給我。」

思索了片刻，我說：

「好吧，我願意將白晝給你，但你要答應我的要求。」

「只限於黑夜裡。」

「我要單獨去赴這個舞會，我要佩上那朵藍玫瑰，在我那襲銀色的舞衣上。」

他冷冷笑了，他詭譎地低聲說：

「可是，在天亮之前，你要帶著你的白晝回來。」

這天晚上，我是這舞會中最快樂和最出色的人了。所有的人，都用一種羨慕的眼色注視著我襟上的藍玫瑰。

這天晚上，男孩子們爭著邀我跳舞。直至我聽到鷄的啼聲，我才想起我對他的諾言，於是我匆匆地離開所有的人，奔出門外去……

在門口的石階上，陽光照著我，我突然發現衣襟上那朵嬌豔的藍玫瑰在一瞬間枯落了，像雲煙般消散了。而正當我為失落了它而惋惜時，有一個男孩子從牆角擷下一朵無香的小黃花，遞給我。

「戴上它吧。」他說：「這才是最真實的。」

現在，這張油畫已經掛在我那間小屋的牆上了，那朵小黃花浴滿了陽光，像是剛從石縫中擷下來的一樣。這是我的夢嗎？也許現實生活才是我們真實生活的夢境呢。

盜墓者

除了窗格外航行過藍天的雲片，和那隻終夜悲啼的杜鵑之外，我的屋子從沒有來過其他的訪客。而且，我並不希望有訪客來騷擾我的獨居生活，雖然我曾經是一個非常好客的人。

有一天，我的小屋來了一位新的朋友。

牠是一隻灰褐色的小松鼠。我知道牠的到來是非常誠摯的，因為我的門前只有一棵落盡枝葉的老樹，牠一定是從前面那堵石圍牆裡來的。但我覺得奇怪，那裡面是一個花木繁茂的園子，牠為什麼要離開那個地方，到我這間醜陋而寂寞的小屋來呢？難道牠也是來尋找寂寞的嗎？

現在，牠靜靜地伏在老樹的粗椏上，十分有趣地翕動著牠的鼻子，不斷地轉動著牠那明亮而圓圓的黑眸珠，窺探著我和我這間小屋子。當我伸手向牠招呼的時候，牠顯然是受了驚嚇，很快的逃走了。

可是第二天，牠又來了。

我不敢再作昨天那種鹵莽的舉動。我向牠微笑，用一種輕微的，自以為是屬於鼠類的聲音和牠寒暄。

我相信牠一定是了解我的心意了，牠微張著嘴（大概是對我笑），露出前面幾隻潔白而尖銳的小牙齒，然後有點踟躕地向伸近窗格的樹幹走過來……

牠帶來牠所能給予我這個獨居者的全部友誼。

以後牠成為每日必來的訪客了。

像人類的禮貌一樣，有時我預先替牠準備一份可口的食物。我想，牠一定明瞭我的經濟狀況，所以每次我將那些吃剩下來的麵包屑，米飯和香蕉接待牠的時候，牠從未露出過絲毫不愉之色，或者食不終席。牠總是津津有味地吃著——有點忙亂，又有點從容不迫地吃著。然後用前爪抹抹嘴，磨磨牙齒，很像那些紳士在餐後向主人誇讚菜肴的味道那種可笑的神態。

再過一些時候，牠已經敢跳到我的窗格上，讓我用手去撫摸牠了。在這個時候，牠像那些撒嬌的貓一樣，躬著牠的背，將牠那美麗的尾巴豎起來，假裝羞澀。

漸漸地，我們互相了解了。我能從牠的眼睛裡知道牠的意願——向我道歉牠的遲到，或者是準備告辭。而牠也和我一樣，牠知道牠不該在我忙碌的時候打擾我，比人類更知趣。

有一天，牠破例沒有來。我看看窗格上紋絲未動的食物，開始納罕起來。因為我知道，有時我外出未返，牠總要等到我回來才走的。難道今天牠另有其他的約會嗎？

我心神不寧地等到夜晚，牠仍然沒來。於是我開始揣測：牠在那個約會裡吃醉了？要不，那麼牠準是病倒了。

想到牠病，我立刻埋怨自己的疏忽，忘了探詢牠的住處。不然，我可以到牠的住處去探個究竟。

這天夜裡，由於心裡焦急，我做了一夜的噩夢。

第二天，等至中午，牠依然沒有來。我開始感到煩躁了。於是我急急地向那個有石圍牆的園子走去，希望能夠在那個地方找到牠。

從老遠的地方，我便看見那幾個頑皮的小傢伙，圍著牆根，在玩什麼遊戲。當我走近他們時，我駭住了，我的朋友——那隻小松鼠靜靜地伏在他們的當中，後腳被一條繩子牽著。

發現我站在他們的後面，那幾個孩子回頭望望我，然後繼續用手去逗我這位可憐的朋友。

「站起來！站起來！」那拖著兩條濃鼻涕的用手拍打著牠的頭，大聲命令道：「快站起來！」

「我們教牠拖車子吧！」那瘦小的孩子提議。

直至那個時候，我的聲音才能從喉管裡發出來。

「你們放了牠！」我激動地厲聲叫道：「放了牠！」

他們和我的朋友全被我的聲音驚嚇了。牠像是這時才發現我似的，我說不出牠那雙眼睛裡蘊藏著多少悲痛，牠求援地凝望著我，想說話，但又不能啟口。

「放了牠！」我發狂地重複著。「放了牠！」

那最大的孩子很敏捷地用手將牠抓起來，用身體掩護著，然後有點不服地瞪著我說：

「為什麼？牠不是你的——是我哥哥用氣槍打的！」

「氣槍打的？」我低促地反問。

「你看，」他從身後將那隻受傷的小松鼠拿出來，拉開牠的後腳讓我看。「看，打中後腳，從樹上跌下來……我哥哥的槍法第一準，他一天要打死十隻麻雀。昨天我還看見他打貓的眼睛。他說，呃——他說獨眼貓最會抓老鼠……」

看見我那朋友血肉模糊的腳，我沒聽那孩子說下去，便伸手去搶救牠。但，他們比我更機警，我的手剛一抬起，他們已經拔腿跑進園門裡去了……

接著，那個比狗眼還勢利的看門人氣勢洶洶地追出來，那幾個孩子跟在他的後面。

於是我用非常和善有禮的態度和聲調向他解釋，我說我願意出最高的價錢，向他們買這隻斷了後腳的小松鼠。

他鄙夷地吐了一口唾沫。

「誰希罕你的臭錢！」他譏誚地怪聲說。跟著將那兩扇鐵門重重地關起來。

那幾個孩子在裡面幸災樂禍地笑著，對我裝鬼臉。由那個大的領導著，齊聲叫喊：

「不要臉啊！搶小孩子的東西啊！」

這天晚上，我為我那位朋友的命運而悲傷，一夜不能合眼。而雨，卻下起來了。

第二天一早，我便向那園子走去，我準備用一套擬就的話語去感動和說服他們。可是園門反鎖著，我在外面徘徊了很久。突然，我一轉身，發現門邊的垃圾箱上有一堆灰褐色的東西，一個不幸的預感瞬即向我襲來了。我急忙走過去。

「啊……」我顫聲喊叫起來。

我看見那不幸的朋友的屍體，斜掛在箱口。它渾身濕透，那被雨水膠在一起的皮毛上沾滿了烏黑的血漬和泥土。

我忍不住哭了。我用手將牠捧起來，用悽愴而悲痛的步子走回去。但，我才走不遠，那幾個小兇手不知從什麼時候跟著我走過來，他們一邊走，一邊高聲叫道：

「你們來看瘋子啊！他要吃死松鼠啊……」

我沒理會他們。回到我的小屋，我用水替牠洗淨身上的泥漬，找一隻鐵質的糖菓盒將牠安葬在那棵老樹下，用一塊方磚蓋在牠的墓頭上。然後，我默禱，祈禱牠的靈魂永遠安息。

但，埋葬了我這位朋友的第二天早上，我發現牠的墳墓被人偷掘了。看看那小而空虛的墓穴和散落四周的鬆土，我知道一定是那幾個頑皮的孩子幹的。於是我忿懣地向那園子走去。

我發現園門半掩著，我沒去想那兇惡的看門人會怎麼樣對付我，我一直闖進去……

可是，我的腳步終於緩下來，終於在一棵相思樹的背後停住了。

因為我看見那幾個盜墓者面容憂蹙地跪在石圍牆下面，沉默地工作著。最後，他們一起站起來，將衣袋裡的花片灑在一小堆隆起的泥上……。

短篇小說

一把咖啡

一把泥土並無價值，但它卻創造了一個簫邦。

一

咖啡在越南是一種最普遍，同時也是最主要的飲料。人們需要它，並不是由於它所含有的刺激、亢奮和沉醉；而是由於喜愛飲用它時那種輕逸的浪漫情調。

在那些幽靜的街頭，在那些典雅地舖設在行人道上的白鐵圓桌上，在那些充滿了花香的夾道林蔭下，在那些用低沉的音調喊著「Cafe aulait Pate banhtag!」[1]的手推車攤旁；那些瑪瑙色的液體，一滴一滴的，從那些精緻的賽銀咖啡濾杯底下落下來，落在那些鏤花的銀套玻璃杯裡。

---

1 「咖啡牛奶肉醬麵包」，咖啡車攤的叫賣聲。前四字係法文，後二字係越文；越南人在很多地方將法越文混在一起用。

周圍充溢著濃郁的咖啡香，它使你產生一種幻覺：你懷疑，那些從濾杯下滴落的是情人的淚？是幸福的足音？或是你的心聲？

這是在那些已經過去的幸福日子裡……

二

是幸福的日子。在海防，「翁鄂」的咖啡被公認為是最出名的，所以到他那兒去喝咖啡成為一時風尚。

翁鄂是一個安南的老頭子。「鄂」是他的名字；「翁」（Ong）字在安南話裡是老公公的意思，加在名字上是表示對人的尊稱。他所經營的那個咖啡攤在沙華街皇家音樂院前面的林蔭道旁；這個攤子，顯然已經有好些年歷史了，像一棵佈滿了根脈的老榕樹一樣；連那隻破舊的車攤、那些能夠摺合起來的帆布桌椅、以及車旁那隻傾倒咖啡渣的小鉛桶的位置，也從來沒有移動過。甚至有人懷疑，它是始終固定在那兒的。因為沒有人看見過翁鄂在早晨從哪兒將它推出來？晚上將它推回哪兒去？

我認識他是在唸高中的時候，因為在初中時，我和他還有一段無法接近的距離。那時我所親近的：是集郵簿、畫板、小型滑翔機、自製的三極馬達和礦石收音機。但，升上了高中情形馬上就變了：高中學生穿的是「臘腸褲」（初中穿的是短童軍褲），高中學生在樓上上課，高中學生……等等。這些，就是表明一種身份。好像說：一個高中學生還在玩這些「無聊玩意兒」，就是「落伍」！「趕不上潮流」！於是，為了這個緣故，我忍痛對那本厚厚的郵票簿和其他各物一起割愛；上課後的第二天，便慎重其事的開始跟那些高年班「大哥」到翁鄂那兒去。

那個時候，翁鄂至少也有六十歲了；頭頂光禿、只有耳邊環至後腦仍然稀稀疏疏的飄著一些粗而灰白色的頭髮，像一隻用壞了的板刷一樣；他的相貌平庸，屬於醜陋而並不討人厭的那一類型；他那瘦小而傴僂的身體上永遠穿著那套褐色土麻布便服，兩隻衣袋老是塞得滿滿的，即使掏一盒火柴，也得將其他的什物一起翻出來。他健談，精力健旺，整天在車攤和那些帆布桌椅之間走來走去；一個客人和五十個客人對他是沒有分別的，他總是那樣有條不紊。但，當他那個十四五歲的孫兒從國民學校回來時，他便要坐下來，找個話題和熟識的客人聊聊。

不久，他便能從一堆人中叫出我的名字，同時還像對其他的客人一樣，允許我在他的攤子上作有限度的賒欠。不過，我發覺他從來不將那些賬目記下來，他彷彿信任別人又甚於自己的記憶力。

不知是出於一種什麼思想，每次當我清還欠款時，總要故意額外多付給他幾個蘇（Sou銅元）。他從來沒有發覺。

可是，有一次他突然捉住我的手。

「小鬼！這是你施捨給我的嗎？」他嚴厲而又慈愛地注視著我的眼睛，故作其狀地晃晃他那乾癟的拳頭。「當心啊！你再這樣，我得好好的給你一頓生活！」

從那天起，他竟然認真的聲明取銷讓我賒欠的資格。

當然，以後我仍然到他那兒去，而且很快的又恢復向他賒欠。

說老實話：當時我分辨不出翁鄂的咖啡和自己家裡炒的在味道上有何區別？我到他那兒去，完全是為了時髦。在那兒，我聽到那些高年班大哥在談賽車、足球經、國內的戰事、對愛情一知半解的高論、以及那些用幻想虛構的羅曼蒂克故事。一個學期之後，我在翁鄂那兒「升了級」，因為我已成為「大哥」，擁有一批春季剛升上高中的聽眾。我的腦子裡已裝滿了從那兒所獲得的知識，我甚至能夠背誦出海防每一位出色的少女的家譜，和一些與她們有關的秘聞。

翁鄂時常供給我一些剛從別人那兒聽來的新聞，但他並不真正關心我們這些「無聊的嘵舌」，他並不是一個頭腦簡單的老頭兒。

在他的靈魂裡面，他倨傲而剛強。他痛恨戰爭和法國人比我們更甚。不只一次，他告訴我那個故事：一個法國人來光顧他的攤子，於是，他用並未煮沸的溫水去沖咖啡，同時偷偷的在濾杯裡加一口吐沫。

「你說結果怎麼樣？」他容光煥發地高聲說：「那條瘟豬喝完了竟然讚不絕口！聲明下次再來！好！再來吧！我一直在等他再來——巴豆水我早就準備好了！」

為了痛恨法國人、所以他也痛恨越文（Chuta 一種由法國人制定的拉丁化文字），甚至當他看見他的孫兒伏在桌子上做功課時，他都會現出滿臉輕蔑和厭惡之色。但他並非文盲，像好些上了年紀的安南人一樣，他能夠寫一手很好的中國字，還會吟詩作對；那年舊歷新年，他便在車攤兩旁親筆寫一副紅紙春聯，車尾還貼一張「招財進寶」。在觀念上，照他——和那些保守的安南人古老的說法：安南是中國的侄兒，日本是中國的孫子。所以他在我們的名字上加個Chu[2]字，稱我們為阿叔；而對於日本侵略中國，則認為大逆不道，深惡痛絕。

[2] 音朱，即阿叔意思。越文。

有一天，我和另外幾個同學在波蘭街上段一家日本商店的門前，為了對付兩個進去購買瓷器的中國人而引一場小風波，當我們躲開警察的追捕逃到翁鄂的咖啡攤上時，他向我伸開他的雙臂，熱烈的歡迎我。

「好小子！幹得真不壞！」他回頭吩咐騰烈——他的孫兒給我們端咖啡，然後異常興奮地將我按坐在椅子上。「我還以為你們被捕了呢！」

「逃開以後，我們先在附近的小街上兜了半天圈子，然後……」

「先喝口咖啡再說吧！」他阻止我說下去。

當我舉杯喝的時候，我發覺他緊緊的注視著我，眼中含有喜悅，也含有些微憂慮。我一時說不出內心的感覺，我開始憐惜他。然後，我用和緩的聲音敘述事情發生的經過——

「等到我們搶過他們手上那幾盒包紮好的瓷器，將它們摔破，才發現這一對夫婦是剛從國內來，過境入雲南的難民！」我結束我的話：「後來他們說些什麼？我聽不懂，看樣子是向我們道歉；而店裡面那幾個矮鬼卻認為有失面子，和我們吵起來，結果，就幹開了……」

「如果我在那兒，」翁鄂認真的接著說：「我一定用石子敲碎他們的櫥窗！」

「真遺憾，我沒有將它們完全敲碎！」我說。

「夠了夠了，下次還有機會的！」他肯定地說。

以後，我們在等待這種機會——甚至故意去找尋這種機會。但，日本卻撤僑了。這種突然的行動顯示著一個危機；果然，半個月之後，日本強大的海軍艦隊停泊在海防塗山口外，向法國殖民政府提出要求入越的最後通牒；四日之後，法國人終於放下武器，與日簽訂協定。

在六千日軍登陸海防的前一天（民國廿九年九月廿五日），我倉皇地隻身乘坐最後一輛國際難民列車由滇越鐵路回國。行前由於時間迫促，我無法向翁鄂辭行。後來，有一天當我想起他的時候，才記起我還欠他二毫六分咖啡錢。

三

回國後，我寄住在雲南昆明一位吝嗇的遠房叔父家裡。這年的冬天和整個民國三十年，我是在鄉下和防空洞裡渡過的。為了療治一個十五歲孩子的懷鄉病，我將每個月節省下來的月費完全支付在喝咖啡上；在護國路附近我找到一家越僑開設的咖啡店，在那兒還吃得到純粹越南風味的點心。

雖然如此，我仍然無法恢復在翁鄂攤子上喝咖啡的情趣。漸漸，我開始懂得喝咖啡了：我喜愛當它不加糖時那種苦澀；放一小匙牛油和混合半杯白蘭地酒時那種溫醇和刺激；我開始能夠分辨出咖啡的好壞，和體察出那被忽略的，翁鄂的咖啡裡所特有的那種令人難忘的意味。

此後，我在大後方好些城市裡，皺著眉頭喝下那些用炒焦黃豆煮成的假咖啡，甚至那種連焦黃豆氣味也嗅不出的紙包咖啡茶；在印度的車站裡我還喝過那些印度人叫賣的，根本就是紅茶牛奶的瓦杯冒充「Cabe」……

我對越南咖啡的焦渴和懷鄉病一樣的濃。

當然痛苦也是一樣的濃。

四

痛苦終於過去了。

民國三十五年的冬天，我在上海退伍，然後帶著疲憊而激動的身心乘船經香港回越南去。海防比我記憶中的海防窄小了，顯得殘破而憔悴。當我用歡笑和擁抱拭去母親的熱淚之後，我隨即問：

「翁鄂還在那兒嗎？」

「他比你的母親還重要啊！」她笑著呵責，然後說：「快些去看看他吧！這老頭子倒是時常問起你呢！」

當我奔跑到他那兒，當我熱切地呼喚他時，他愣了一下，隨即激動得足手無措地擁抱著我，用他那冰冷而微顫的手摸摸我的臉，拍拍我的胸膛，笑著，不住的用手背去揩拭眼淚。

「至少也有六年了吧——坐下坐下，呃…喂！端兩杯過來！」等到那個年青伙子將濾杯放在我的前面時，他得意的問我：「記得他嗎？是騰烈呀——怎麼不招呼阿叔？」

騰烈向我點點頭，含糊的叫了一聲便回到車攤上去。他的年紀和我相仿，現在長得強壯結實，那種不愛說話的脾氣似乎尚未改掉。他穿著一套黑長褲，黃斜紋布的短袖襯衣，頭上斜戴著一頂式樣奇怪的帽子。這種裝束到處可以看見，像是一種什麼制服似的。

大概窺出我的心意，翁鄂解釋道：

「他現在當了民兵，別小看他——還是分隊長呢！」說著，他羨慕地望了他的孫兒一眼，繼續說：「他這副神氣真像他那死去的父親！這次我本來也要加入的，那些混蛋傢伙嫌我太老了！我比以前怎麼樣？」他有意挺挺胸脯。「——老嗎？」

「我看沒有什麼兩樣！」

「可不是，我還向他們保證，我還要活三十年。」他生氣的頓住了，然後找話來安慰自己：「不過沒關係，你還記得那年打日本人的事嗎？」

「記得，當然記得。」我應著。

「好！這次讓我們來打法國人給你看！」

這時，我才發現車攤的玻璃裡面，貼著好些相同的，胡志明的照片，車頂還插著紅底黃星旗。

「現在咖啡賣多少錢一杯！」我站起來問。

「三塊錢。算了！這一杯算是歡迎你回來的，免費！不過——」他神秘地向我笑。「你得付給我兩毫六分錢，這是你六年前欠的！」

雖然現在兩毫六分錢只能買兩盒火柴，而且銅元早就廢用了，但，翁鄂依然不肯多收。他說：他所收的並不是我的欠款，而是他這六年來記著我和這個數字的代價。

五

我很快的便了解當時越南的情勢：北緯十六度以北的日軍將半數武器繳給入越受降的中國部隊，而將另一半贈給越南人，造成今日這個法越武力相持的危局。至於越南人本身，除了「復國」

這個偉大的願望，他們忽略一切：在他們那愚昧無知的，孱弱的心靈裡，充滿了復國後美麗的幻想；他們不了解政治，只是不擇手段的信仰任何一種能足以打擊法蘭西政府的主義和武力；那個共產國際的傀儡——那個狡詐的瘦老頭胡志明，在他們的心中佔有的地位比神更重要，他們盲目的跟隨他，像跟隨著光明和真理一樣堅定。

我照例每天到翁鄂的咖啡攤上去坐坐，和老同學們見見面。而咖啡攤生意已大不如前，顧客除了當年那批現在已進入社會的高中學生，便很少有人來光顧了。原因當然是由於環境所趨，連年戰亂，使今日的少年們都失去昔日那份閒情逸致了。即使是我們，也無心再談論以往的那些夢囈般的話題；大家見了面，若不是相對苦笑，便是盡情的將多年的積鬱來一次總發洩。我雖然同情他們，了解他們的苦悶，可是我亦無能為力；因此重返越南，目睹這種情況之後，我開始為自己的前途憂慮和感到徬徨。

而那個不幸的日子終於在我的憂慮中到來了，那是在我回來後的第十四日。

事件的發生是因一條中國載運火油的汽船而起的。抗戰勝利，法國人在越南恢復他的宗主權後，卻無法從已經武裝的越南人手上奪回關稅權，這種爭持的結果是：華僑要向法越兩方繳納雙重的關稅。

這天正午，當五名法國稅警在緝私艇上被岸上的越盟士兵槍殺之後，戰爭爆發了，法軍的戰車隨即封鎖通至華僑區和越人區的每一條幹道；當時情勢非常緊張，缺乏重武器的越盟軍隊和民兵結集在那些橫街的街角，準備應變。當情勢轉變時，我正在翁鄂那裡，而他的車攤正處於法人區與華人區之間，所以當騰烈背著一枝日本三八式步槍緊緊張張地帶一個壞消息來之後，翁鄂才決定將車攤推至離我家不遠的運河口去。那些民兵和婦女全部加入戰線，搬沙袋，運彈藥；翁鄂則忙著沖咖啡，免費慰勞所有的人。

兩個鐘頭之後，雙方談判破裂，轉瞬間法軍的槍砲大發，戰車開始沿著那已癱瘓的馬路掩護著步兵向前推進。當越南人發覺危機迫近時，翁鄂忽然將他的車攤從橫街推到馬路上去，接著，那些卡車和小轎車，那些笨重的衣櫃、鋼琴、縫紉機、大木床、桌椅傢具、甚至一隻小木盒，都瘋狂一般的從那些屋子裡被搬出來，堵塞住路口，成為一條截阻戰車前進的障礙。

儘管家裡如何制止，我仍按捺不住的從後門轉到橫街去，我終於在人叢裡找到了翁鄂。看見是我，他連忙將我拉到一邊，正色地說：

「你跑出來做什麼？快點回去！我看他們還不至於會加害中國人的！」

「騰烈沒和你在一起嗎？」我問。

「他在對面！」他指指運河對岸的波蘭街（越人區）。「我們正要設法和他們取得聯絡。你回去吧！」

「你不餓？我去替你取點食物……」

「走你的吧！」他用力推開我，咀咒道：「馬上就要死了，還怕餓？——走！回去！」

看見我不動，他轉身走掉了。我望著他那蒼老的背影，步履蹣跚地走入街角那一堆人叢裡去。回轉身，我感到有兩行熱淚爬過我的面頰。

入黑之前，法軍的戰車已突破這一條「精神陣線」，橫街的越盟守軍無路可退，只好冒死沿著沙華街的牆根衝過街道，跳入運河；但大多數的突圍者都死在機槍下，倒在街道上……

第五天，法軍佔領了整個的海防。但海防已成為一座死城，沒有任何一個越南人願意留下來。在市區戰事告一段落時，我不敢到停置在運河口那堆已腐臭的死難者那邊去，我害怕發現翁鄂也在裡面。

半月之後，在那些家產已蕩然無存，而越盟無法養活的海防市民——這些盲目被騙的可憐犧牲者，陸陸續續的被迫再回到市內來時，我負著比回來時更沉重悲痛的心情再度離開越南。

這一次，我欠翁鄂的咖啡賬是十四元，我將永遠無法清付了！我想。

六

再度回國後，為了生活，我曾經走下深黑的礦坑、做過機器工人、畫匠、抄寫員；為了探究那玄奧的，生命的核，我開始鑽進文學和我無法理解的哲學裡去，去拓展我那狹窄的思想的領域。

京滬失陷，我逃亡到臺灣，依賴寫作糊口。雖然我也曾將自己所經歷過，所熟悉的事物寫下來，但，始終不敢動手寫關於翁鄂的故事，因為它是沒有結尾的；而我又不願為了個人的感情將它寫成庸俗的大團圓，更不願照實在的情形寫而虐待自己——對他，我明白心理的擔負。

一件意外的事情發生了，那是民國四十一年的冬天。

當回國參加「介壽杯」籃球賽的球隊名單在報紙上發表時，我竟然在代表北越的海華球隊裡找到一連串熟識而又陌生的名字。果然，見面時都是喊得出名字的老同學。在賽程期間，我整天陪著他們，談談兒時的瑣事：這十多年來的變動，我借著這個機會向他們複習那將要完全遺忘的越南話。有一次，我們突然談起翁鄂。

「他現在簡直老得不像話了！」一位同學說。

「怎麼？」我驚異地問：「他沒死？」

「誰說他死了？」

「啊……」我深長地吁了口氣，接著問：「那麼他還在賣咖啡？他的孫子呢？」

「你說騰烈？還不是跟胡志明走掉了，毫無下落！」同學說：「翁鄂還在老地方，不過已經行不動了，廢話也不說了，我們去喝咖啡都是自己動手，他只是坐在一邊發呆。」

「他也許是想念他的孫子，只有那麼一條命根呀！」

「誰知道他想些什麼！」

那次他們在臺灣逗留了一個月，球賽在初賽時便淘汰了，得到最末一名；而他們依然是那麼興高采烈。他們說，他們不是為了拿冠軍才回來的。臨走時，我託他們帶些土產回去送給親友，其中一份是給翁鄂的，還請他們代我還給他十四塊錢。

是為了翁鄂的緣故嗎？民國四十二年在感覺上顯得比任何一年都長，好不容易才挨到冬天。

他們又回來參加「介壽杯」球賽。不過，只回來五個人，與河內隊合併為「北越隊」。每個人心情都很壞，據說能夠這樣回來已經很不容易，因為越共四處騷擾，華僑的生活非常困苦。他們除了替我帶來一些信件和越文書籍，還有翁鄂送給我的一磅咖啡和一隻濾杯。

「他不肯收我們的錢，」同學說：「他說他要你親手還給他，他相信自己一定能夠活著等到你再回去的。」

「這老頭子！」我假裝嗅咖啡的香味，掩飾自己欲滴的眼淚。

球賽完畢，他們又走了，當我送他們上飛機時，他們緊緊的捏著我的手，久久不放。我懇切地說：

「希望你們明年能夠再來——像第一次那樣來！」

「我們要來的！」他們勉強地笑笑。「一定會來的！難道你不再需要咖啡了嗎？」

「啊，是的，要翁鄂的咖啡，替我問候他。」

其實，我和他們的心裡一樣明白，除非是奇蹟，不然，明年再回來的希望很微弱了。

七

我珍惜翁鄂送給我那磅咖啡的程度簡直近乎吝嗇，儘管如此，不到三個月我就將它喝完了。而越南的局勢卻急轉直下，得到共匪軍援的越共猛犯紅河三角洲，繼而奠邊府被圍，直至日內瓦會議宣判了北緯十七度以北的死亡，劃歸越共。照那個可咀咒的「停戰協定」，海防是最後一個被割據的城市，死期是民國四十四年五月十九日。

當然，去年「介壽杯」球賽他們沒有回來，翁鄂的咖啡自然也無從帶來了。我將那隻賽銀咖啡濾杯放在案頭日曆旁邊，並不是裝飾，而是警惕；每天，我用紅筆在日曆上做一個血的印記，填滿那不幸的一年。

這期間，我很少收到家裡和朋友從越北寄來的信。我體味得到，當他們一旦丟下祖先艱苦創下的基業，面對著殘酷的現實，到南越去重新建立一個家時的那份迷惘、徘徨和辛酸。

這不正就是我們所感受到的嗎？

八

連續著兩個月，我幾乎夜夜夢見海防：我看見清晨遍飄鳳凰花瓣的街道，我聞到令人心醉的咖啡香……

我為那已失落的夢裡的故鄉憔悴。

上月初的一個早晨，一位隨越南學生回國觀光團抵達臺灣的方小姐打電話給我，她說我在西貢的朋友託她帶來一些東西，要我親自去取。

半小時以後，我趕到臺北師範學校，從她的手裡只收到一封信和一隻小小的紙盒。

「就是這兩樣嗎？」我低聲問。

她微笑著點點頭。

以下是那封信：

附上的一小盒咖啡，是我離開海防時翁鄂託我轉給你的，我不明白他只送這一點點給你有何用意？現在趁這個機會託他們帶來給你。

在海防的親友，能走的全走了。目前我們在西貢雖然已經暫時安頓下來，但對未來的生活，實在不敢多想；即使如此，我們仍自覺比較留在海防好些，心靈上安全些。記得前年返國時，你曾說及要將翁鄂的故事寫下來，未知你是否已將它完成？不過，我仍要將他的真正的結尾告訴你。這是最近逃出來的人告訴我的。

…………

當人們紛紛向南方逃難時，翁鄂並無走的打算，非但如此，他還將他那新造的車攤漆得像一座花園。越共入城的那天，他在四周掛了紙製的紅底黃星旗，表示歡迎。

之後，留在海防的熟人都不願——應該說不屑於去照顧他，因為那些座位經常坐滿了越共人員，很有點「外人恕不招待」的那種意味。他的話也多了，那副巴結奉承的嘴臉令人望而生厭。

跟著他的孫子騰烈從河內調回海防來了，像是幹了個不大不小的官。有了靠山，這老頭子更是神氣百倍，又回復當年「不喝翁鄂的咖啡就是沒喝過咖啡」的那種聲勢。七月的一個什麼紀念日，這是一個難忘的日子，翁鄂的車攤掛燈結綵，同時他還難得的穿上一件黑綢的安南式長禮服；但奇怪的卻是咖啡攤始終空著，無人光顧。直到下午，四周突然警衛森嚴，然後由小汽車送來一批要員，其中還有共匪援越志願軍及軍事顧問團的頭目，騰烈手忙腳亂的擔任招待。

於是，受寵若驚的翁鄂將那些擦得雪亮的咖啡濾杯端上來，這些貴賓開始品嚐海防最有名的咖啡之後……。據那些站在遠處看熱鬧的人說：十分鐘後，那邊的情勢大亂……

結果，無一倖免，連翁鄂自己和他的命根子騰烈也在內，因為他們也喝下那下了毒的咖啡。

九

我總算含著淚將翁鄂這個故事寫下了。

現在，我打開那隻僅可容納一把咖啡的小紙盒，我彷彿聽見甜美的紅河流水的低喚；我彷彿嗅到溫暖而芳香的祖國泥土的氣息。

一把咖啡並無價值，但我知道它對我的意義，像那把波蘭泥土之對於蕭邦一樣。

暮的江頭

桃義客棧在京畿路的路頭，離鎮江火車站不遠；由於這條路是咽喉要道，所以很熱鬧，尤其是當京滬車到站的時候，這條狹窄的圓卵石坡路更是別有一番情趣。

那是三十七年的春天，因為學校宿舍的床位不夠分配，所以我在這家客棧住下來。如果要我說出住到這兒來的原因，我想，這並不是一件十分困難的事。當然，棧租便宜是其中的原因之一；其次，我喜歡聽那些拉板車的車夫在這條坡道上哼的那支沉重而單調的歌；而最大的原因，卻是我樂於親近活在這個屬於他們底小社會的，這一群可憐的小人物，如同我向自己的心靈親近一樣地感到真切；這種況味，是一般世俗的人絕對體察不出來的。

這條路是下層社會的區域，它是這個區域的一家最上等的客棧。和這條路兩旁所有的建築一樣，它已經破舊不堪了：那烏黑的門楣上掛著一塊字跡模糊的店招，兩排被風雨剝蝕的門板和土牆；店堂中央供著關聖帝君的神位，那張秉燭夜讀的畫像大概是什麼公司藥房的廣告招貼，下角已經被撕掉了；除了一張舊板桌和幾把條凳，左角還有一個整天冒煙的爐灶；再進去，是一個小小的天井，兩邊的耳房和內屋一共分隔為六個房間，我就住在內屋右面靠窗的那一間。因為我是包月的長客，所以那位整天眨著那雙風濕眼的周老闆特別優待我，他幾乎將他自己房裡的傢俱用物完全搬到我的房裡來，由他對我的言語態度上看，我相信，假如他的太太還活在世上的話，他也會這樣做的。他有好幾次在別人的面前表示，他以我——一個醫學院的學生，住在他的客棧裡為榮。每天早上，他都親自將洗臉水端到我的房裡來，晚上他不敢催我熄掉那盞令他肉痛的，六十支光的電燈（別的房間都是點二十五支光的）；有些時候，他故意找些問題問我，表示他自己也是知書識墨的，說遠一點，他說他出自書香門第，是將門之後等等……。可是，他愛賭，客棧裡差不多每天都有牌局，對街麵店裡的胖掌櫃和隔壁鄰居都是老搭子；不多，八圈至十六圈，小輸贏。有時為了要緊的事要走開一下，他就叫他的那個已經十五歲，才唸三年級的小三子（這個名字是我叫出來的）替他打幾盤，所以他兒子的麻將比他打得好，不像他常常看錯牌。至於推牌九，小三子比他爹更神氣，還會做假的；無聊的時候，他就將口袋裡的兩顆骰子拿出來練習，要幾點，就來幾點，絕對錯不了。

說到在這家客棧來往的旅客，都是屬於下層社會裡的。我在那兒住的半年中，除了看見過一位失業的窮公務員因付不起房錢，說過一套斯文話之外，比較高級的客人，就是沿鐵路線一家包辦廣告的公司派出來的幾位油漆匠，他們每個月來一次，每次我們的店老闆周桃義先生總能找出一點東西來要這幾位熟客給他漆漆，揩揩油；而且還聲明這天晚上給他們叫的姑娘絕對是好貨色，後街大堂子裡叫來的。除此之外，那真是千奇百怪，各式人等，一應俱全。

這天我一早就被胡琴聲鬧醒了，接著，我聽到一種高亢而略含沙澀的聲音跟著唱起來。憑良心說，我對於平劇毫無興趣，只不過在軍隊裡跟著我入伍時的戲迷班長學哼過幾段而已；不過，這天有點特別，我總覺得那胡琴和那沙澀的聲音在吸引著我，我閉著眼睛睡在床上靜靜地聽著，下意識地用手在床邊打著節拍。後來這種聲音停止了，周老闆端著一隻擦得很光亮的銅臉盆走進來。

看見我已經醒了，他笑著問：

「外頭唱的，您聽見嗎？」

「是什麼人？」

「賣唱的，」他回答：「一個老頭和一個小孩，那小孩唱的可真……」

「怎麼，」我截住他的話：「是小孩子唱？」

他眨眨眼睛，用手在臉盤架子上比劃著說：

「就跟小三子那麼大小，」說著，他望望我。「——您出去看，他們在客堂裡。」

「他們還沒走？」我一邊起床一邊問。

「昨晚上從南京來開碼頭的，就住您隔壁的小耳房裡，我看他們得要住幾天才會走呢。」

等到我洗漱完畢拿著書走出去的時候，我看見他們坐在板桌前面喝豆漿。那位老人最少也有六十歲了，頭上戴著一頂起了油光的氈帽，那兩片乾癟的嘴唇四周，長著粗而斑白的鬍髭，兩頰和眼睛像是深深陷進顱骨裡似的，但他的眼睛卻很明亮，他正慈愛地將撕碎的油條放進那孩子的碗裡去。那孩子有一頭濃厚的黑髮，圓圓的臉，樣子很聰敏，但在他的容貌上似乎藏著一種在他這個年紀裡不該有的東西，尤其是在他那風霜乾裂的脣角上流露出更多這種意味。他穿著一套潔淨而厚厚的棉衣，以至顯得有點臃腫，可是比起那位老人，委實有點不相襯，那位老人的衣著，真可以說比叫化子都不如。看見我從裡屋走出來，他們很奇怪似的望著我。這個時候，周老闆連忙說：

「這位是潘先生，嗯——是學院生。」

這次，我破例沒有矯正他這句不倫不類的介紹，只向他們笑著點點頭，隨口向那位老人問道：

「他是令孫吧？」

「嗯……」老人看看那個孩子，吶吶地說：「呃——都是一家人，嗯，亂世，都……都是一家人！」看見我有點不自然，他接著將話岔開：「剛才我們吵鬧您了。」

「哪裡哪裡，我平常起得很早的。」我說：「哦，我要到學校去了——你們晚上不走吧？」

「不，還有幾天呢。」

「那麼我們晚上談談。」

「哦，真是——承您先生看得起……」老人彎著腰站起來。「您請，您請，晚上我們再向您先生請益。」

到學校去的路上，我一直在唸他的那句話：亂世，都是一家人。從這句話裡，我似乎已經了解他們的身世和互相的關係了。

這天下午，我一下課便回到客棧裡，老人和那孩子還沒有回來，周老闆聽見我問起他們，他也很有興趣似的告訴我一些關於他們的事情。他說那孩子是一個無父無母的孤兒，是那位老人兩年前在徐州收養的，至於那位老人呢，是一個老琴師，因為愛喝兩杯，拉起來時常走板，後來給戲班子辭掉了。現在他們兩個人相依為命，那孩子的戲是他教的。

發覺我聽得入神了，周老闆笑著說：

「怎麼樣，您又要將他們寫三國演義啦？」

「寫小說！」

「哦，是的是的——是寫小說。」

晚上十點鐘左右，周老闆走進我的房間裡，說是他們回來了。

「他們的生意怎麼樣？」我急著問。

「壞透啦！」他很表同情似的眨眨眼睛，放低聲音說：「連晚上的麵錢都是我借給他們的呢！唉，怪可憐的，說是一天沒吃東西了。」

想了想，我向周老闆說：

「這樣吧，讓他們先把麵吃完，你就說我請他們進來拉兩段。」

周老闆出去不久，便帶著他們一起進來。老人很感激地先對我說了好些虔誠的客套話，然後在床邊的椅子上坐下來。在拉的時候，我發現他激動得很厲害，手不住的在顫抖，漸漸地，像是在極力抑制著什麼似的，他將頭從沉思中昂起來，噘著他那乾癟的嘴脣。而那孩子那種沙澀的聲音和唱戲時的手勢動作，使我有好幾次要想阻止他們唱下去。大概是只唱了兩段，我便推著要準備功課，同時將一捲鈔票塞進老人的手裡。起先他不肯收下，後來還是周老闆勸他他才收下的。

以後，他們每天差不多都空著手回來，因為那些旅社酒館並不歡迎他們，尤其是不歡迎這位穿著比叫化子都不如的老人。而我卻每天晚上都請他們到我的房間裡來拉兩段，給他們幾個錢。可是在第五天晚上，當我將錢塞給老人的時候，他將我的手推開，扭轉身匆遽地走出我的房間，接著，我聽見低嗄而沉重的嗆咳聲從隔壁傳過來。我看看手上的鈔票，一時不知道該怎麼樣才好。

以後，他再也不肯到我的房裡來，而且，他還處處避開我。這樣又過了兩天，從周老闆的嘴裡我知道他們的情形並沒有好轉，於是我叫周老闆勸他們別再去跑那些旅社和酒館，不如到車站或者江邊渡頭的小茶館裡去，也許會好一點。

第二天的晚上，我和周老闆用同一的心情等他們回來，因為在我的心中有一個隱秘；這天我將一筆稿費的收入全部分給幾個同學，讓他們安排我這個計劃。果然，他們在十一點敲過不久便回來了，從他們的神色中知道他們這天晚上一定很有點收穫。

事情往往是這樣的，有了一個好的開頭，結果一定不會太壞。三兩天之後，他們的生意居然在江邊的茶館裡站穩了，聽說茶館的老闆也很開心，因為他們還替他拉到一點生意。有一天晚上我回來比較晚，一走進店堂我便發現他們在數一堆破破爛爛的零票。

「今天晚上的生意不錯吧？」說著，我在他們的身邊坐下來。

「嗯，還不是託您的福……」老人感激地回答。

這個時候，我才發覺這孩子的嘴角啣著一支煙，老氣橫秋地瞇著他的左眼。他望望我，然後向老人說：

「——我們來拆吧！」

老人謹謹慎慎地用手整理一下那幾疊已經疊好的鈔票，猶豫了一陣，然後吞吞吐吐地提議道：

「放在一起不好嗎？嗯，我們總得添點東西吧？」

那孩子不以為然地摔掉手上的煙蒂，說：

「還是分了乾脆點，添東西以後再說，反正這兩天都有收入！」

「不過，這不能保險以後都這樣啊！」老人接住他的話說。

「你觸我的霉頭！他媽……」

眼看他們吵起來，我只好借故走開，後來大概他們分了賬，那孩子在第二天一大早就買了一條充毛的花園脖，我走出客棧的時候，隱約地聽見他對小三子說：

「咱們吃這一行，還是賣相要緊。他媽的！如果指望他呀——人家吐都吐得出來！」

總之，這天晚上小三子將他的話全盤告訴我；說是他說對拆太吃虧，而且茶館老闆有意思包他——當然，這意思就指他自己一個人了。

聽了這些，我的心裡不知是一種什麼滋味，我不知道是憎恨他還是可憐他。

後來幾乎一天兩頭，這孩子就要為拆賬的事跟老人爭吵。但，老人始終不說話，只用一種寬恕而憐惜的眼光望著他。事情過了之後，他還是那麼小心而認真地教他的戲。

到後來，這種爭吵已經變成一個定律了。我和周老闆都曾經規勸過那孩子，可是毫無作用。他會裝作非常誠懇地聽完你的話，然後他有分有寸的說他的道理，歸根結柢，他說他假如沒有良心的話，早就離開這位老人了。而現在呢？他說：

「我還在養活他，還拆一半給他，我沒有忘恩負義，沒有什麼地方對不起他呀！您兩位替我想想看……」

我和周老闆不再說下去。而這時候正巧是春假，學校有五六十位同學組織一個旅行團到無錫去旅行，我也參加了。回來的時候是四天後的黃昏，我一走進店堂便聽見摔麻將牌的響聲，跟著，一種略含沙澀的聲音粗野地咒罵起來：

「你他媽的在催命呀！看——老子又輸了一個滿貫！」

「可是上海的車到啦！」是老人的聲音在說。

「到了又怎麼樣？今天老子要休息！」

我走進天井，看見老人低著頭從大廳左面的房間裡走出來，悄悄的走出客棧。我隨即向那間房間走過去。

一推開房門，我便看見那孩子堂堂正正的坐在床邊，小三子在他的身旁指揮，對街的胖掌櫃和開老虎灶的老陳坐在他的上下家，對家正是周老闆。看見我站在房門口，周老闆有點不自然地招呼道：

「啊！您回來了——小三子，去給潘先生開房門！嗯，還有那封信，在抽屜裡，也給潘先生拿來！」

這天晚上，牌局散得很晚，而那位老人也深夜才回來。我朦朦朧朧地聽見他在隔壁打著酒噎，拉著那沙啞的喉嚨在含糊不清地唱：

「憶昔當年………淚不——乾哪啊………」

從那天晚上開始，那孩子天天賭，輸了就找老人出氣；老人卻天天都喝幾分醉，連白天也不例外，難得看見他清醒；而人也變了，看見誰都不理，一個人躲在灶子後面一邊烤火，一邊喃喃自語；那雙眼睛變得灰黯了，被一層充血的紅翳遮住。而那孩子對他的咒罵，卻一天比一天更不堪入耳。

一天晚上，下著雨。也許茶館的生意清淡，他們回來很早。一進門，那孩子便破口大罵起來：

「他媽的，你這老不死是不是存心塌老子的台！灌飽了貓尿，走了板，你丟得起人，老子可丟不起啊！」

「………」老人坐在板凳上，低著頭，不響。

而那孩子卻越罵越起勁，罵個沒完。罵到後來，他將臉一板，嘴一撇，惡聲惡氣說：

「——咱們拆伙算了！」

「拆伙？………」

「橋歸橋，路歸路。反正你有本事，你去拉你的走板胡琴！老子唱老子的戲！」那孩子扭開頭說。

老人愣了一陣，用一種不敢置信的聲音問：

「你真的要拆伙？」

「你還以為我捨不得，是不是？」

「那麼你………」老人疲乏而軟弱地喊道：「你要甩開我了！」

「不錯！」

「那，那我怎麼辦呢？」老人無助地自語著。

「你愛怎麼辦就怎麼辦，誰管得著你！」

停了停，老人困難而瘖啞地哀求道：

「只，只要你不——不賭，我就戒酒。」他望著那孩子的臉。「你的戲還沒學夠吶，還是咱們以前的計劃，存點錢，我保你……」

「保我？」那孩子輕蔑地笑笑，譏誚地說：「現在你先保保你自己吧！老子賭，是輸你的呀，你管不著！」

「你就不想想兩年前——」

「沒什麼好想的！」

沉默了片刻。

「我想不到你……你今天會說出這種話……」老人悲痛地伸出他那在顫抖的手，指著他說：

「我問你，你有沒有良——心？」

「良心？哼！老子不懂什麼叫良心！」

「好！現在你的翅膀長全了，一定要走，就走吧！」老人從極度的痛苦中咀嚼著每一個字，但當他看見那孩子嘴角上露出的那種殘忍無情的笑意時，他突然狂暴地俯過身去用力打了那孩子一下耳光，他絕望地叫道：

「你走吧！你馬上就給我滾吧！」

那孩子站穩之後，他倔強地用手拐去抹抹嘴角的血漬，然後冷酷地望了那驟然軟弱下來的老人一眼，隨即返身走出客棧。直至那孩子的腳步聲從遠處消失之後，老人驀地伏在板桌上抽泣起來。從他們爭吵開始，我和周老闆就靜靜地坐在一邊，我們不能說什麼，現在，也找不出什麼話來安慰他。

但，他忽然停止了哭，緩緩地從悔恨中抬起頭，望望我們，又望望四周，像是在尋覓些什麼。突然，他臉上的肌肉痙攣起來，他扶著板桌，跌跌撞撞地走出店門。

我想跟著他出去，周老闆伸手攔阻著我說：

「讓他去找吧。」

可是，老人直至第二天的中午才歪歪倒倒的醉著回來，雖然只不過隔了一夜，而他卻顯得更蒼老了。回到客棧之後，不再說一句話；他的眼睛裡，是空虛的，像兩個黑洞。在以後的三天中，他也曾帶著他的胡琴出去，但總是虛弱地醉著回來。周老闆曾經給他煮過一碗麵。但，他沒吃。總之，他不肯接受我們的安慰和幫助。

在那孩子走了的第五天，老人失蹤了，他那把寶貴的，用細緞套子裝著的胡琴仍然掛在他的房間裡。

我和周老闆花了一整天的時間去尋找他，差不多將整個鎮江的大街小巷都走遍了。在江邊的那家茶館裡，我看見那孩子穿著一件新的袍子，站在一個新搭起來的台子上賣唱，我聽到他那高亢而略含沙澀的聲音，我聽到茶客的鼓掌聲；但，我永遠再也聽不見那淒怨的胡琴聲了……

後來，周老闆將那把胡琴掛在他自己的房裡，他愧疚地對我說：

「我總有一天要還給他的。」

最近我搬了家，在淡水河邊，每天黃昏的時候，前面河岸的竹棚裡有淒涼的胡琴聲傳過來，當我聽到這種聲音，我的心中驟然充滿了一種奇異的情愫，在我那雙被熱淚模糊的眼睛裡，彷彿又看見那位老人了。他，拖著遲滯的腳步，走過我的記憶，走過這令人惆悵的暮的江頭……

四十三年一月五日於臺北

錫婚

十年前的今天，他們是那麼愉快地手挽著手，嘴上流溢著一種為未來的幸福所酩酊的笑容，以一種激動而緩慢的腳步走出禮堂，進入一個新的，充滿了理想和希望的生活裡去……

十年後的今天，他們的腳步由堅定變得猶豫，終於遲滯而沉重了——他走著，望著自己的腳，那雙已經換過兩次底，被一層薄薄的鞋油掩飾著的破皮鞋，非常準確的踏在每一塊街石的角上。

『這就是現實！』他抬起頭，以一種悽痛的神色望著眼前這暮色迷濛的街市；他望著那些在四周浮起來的燈光，那些在奔馳中的車輛，那些行色匆匆的行人……

『這就是現實！』他重複著說。仍然繼續茫然地向前走著，他開始記憶起他們在十年前的信誓：在今天——這個錫婚紀念日，他們互相要做一件讓對方感到驚奇的事。

現在，他在一家珠寶首飾公司的櫥窗前面將腳步停下來，他從那些光華耀目的，高貴地陳列著的首飾中找到一隻寶石項墜，這是和他在九年前所屬意的那一隻相彷彿的；只是它們的樣式有點不同，他幾乎能記得那隻項墜上的每一處細緻的花紋，因為那時他每天都要去看它幾分鐘。他幻想著，這隻寶石項墜掛在他妻子那嫩滑而呈淺玫瑰色的胸前的情景。這是一幅多美的畫圖啊！可是，他馬上清醒過來，一位店員從橱窗裡出現，他望了他一眼，便伸手到前面去取一隻鑽石指環。直至那位店員離開橱窗，他才從嘴角露出一絲苦笑。

他想，這事情已經很久遠了，過去了。他記得兩年之後，他便不敢再去看它——想到這個地方，他幾乎後悔那年所發生的一件事情了，他曾經得到一個難得的機會，很輕易能得到它，可是他並不這樣做……

『這是一種卑劣的行為！』他在心裡喊道：『你應該為你的正直感到驕傲啊！』是的，他永遠是正直的！他守本份，知足；當然，他非常努力，他誠篤而拘謹地一步一步向上爬……

但，他愈來愈感到吃力和失望，這可以從他安排錫婚紀念日的『令她驚奇』的計劃上看出來：他的目標跟著時間不斷的修正，不斷的向下降——從寶石項墜變為一條珠鍊，再從珠鍊變為耳環；而至一隻細緻的化妝盒、一段衣料……

而今天，當他的借條被『礙難照准』之後，他完全絕望了。他幾乎已經瞥見他那可憐而憔悴的妻子那雙失望的眼睛，含愁怨地瞅著他；她那蒼白的臉和那微微在痙攣著的嘴唇了……

她以前並不是這樣的，這些日子是怎麼殘酷地折磨著她啊！他愧疚而痛苦地垂下頭，他想起那些日子：戰亂將他們婚後數年辛勤積成的一點根基毀掉了，來臺灣後，他們並未灰心，他依然和以往一樣用一種堅定而平穩的步伐走著。但，不幸像影子一樣跟隨著他們，初生女兒的夭折和妻子產後的一場重病（這也許就是她不會再有孩子的原因），這打擊比他放棄那朝思暮想的小農場更沉痛；之後，一層淡淡的哀愁籠罩著他們的家庭，他們開始過著一種顯得有點拮据的生活。不過她始終是任勞任怨的，她不斷的安慰和鼓勵他，她節儉的程度和那真純的笑容使他的內心時感不安；因為，有些地方，他們的經濟狀況還不至於淪到這般境地的。

那位店員又在櫥窗裡出現了，這次，他以一種奇怪的眼光打量著他。雖然他知道對方並沒有將自己估量得那麼壞，但他隨即走開了。

他走著，腦子裡昏亂而空虛。驀然，他想到最後的一個方法，由於他從未經驗過，所以他來回走了好幾次，才低著頭闖進街角的一家當舖裡去……

他再走出來，藍布中山服裡面少了一件毛衣，袋子裡多了五十塊錢。

五十塊錢，怎樣使她驚奇呢？只需五分鐘時間，他便完全想過來了，最後，他拿定了主意，連忙回到家裡去。

當他的妻子以一種神秘的笑意迎出來時，他溫和地對她說：

「換上一件衣服吧！」

「怎麼，這件衣服不好嗎？」

「我是說換一件比較體面的。」

「為什麼？」

他輕輕的在她的髮上吻了一下。

「妳忘了，」他望著她的眼睛；「今天是……」

她激動地倒在他的胸前，兩顆明亮的眼淚沿著臉頰滑落下來。她真的忘了嗎？不，她記得比他更清楚，只不過她願意將讓他驚奇的事情留在他的後面罷了。

半個鐘頭之後，他們對坐在一家略為像樣的館子裡。她已經換上一件淺藍色的毛質旗袍，那長而微鬈的髮鬢上，很得體的簪著一朵小白花，臉上薄施脂粉，除了略為顯得有點憔悴之外，簡直不像是一個已經結婚十年的婦人。

他們靜靜的，互相深情的凝望著，淡淡地笑著，和十年前的那個春天一樣；所不同的，就是現在略為感到有點拘束。因為，以他們這幾年的生活來說，這顯然是一件相當奢侈的事情了。

侍者來了，留下一份菜牌，又匆匆地走了。他將它放到她的面前，要她點她所喜歡吃的菜。她只看了一眼，便將那份菜牌還給他。

「你點吧，我都會喜歡的。」她感激地說。

他隨手翻開，才發現上面沒有註明價格，於是他開始不安起來。他下意識地摸摸褲袋裡的五十塊錢，點了兩個自認為比較便宜的菜。為了謹慎起見，當侍者走過來時，他細聲而謙卑地向他詢問那兩個菜的價錢。

「這個是十八塊！」侍者用不耐煩的聲音說：「這個是十五塊——總之，這裡的菜是不會太便宜的！」

他極力抑制著，盤算了一下，他將那個侍者打發走，然後十分勉強的向她笑笑。他忽然記憶不起來，婚前他們是怎樣走進那些豪華的社交場所裡去的。她似乎並不了解他的紛擾，依然靜靜凝望著他，微笑著。

經過一段很長的時間，他們所點的菜終於姍姍而來了。望著這些菜肴，他有點食不下嚥，可是，他不敢讓她窺察出來；他謙遜而靦腆地要求她多吃一些菜，像是在款待一位久別的友人。

她慢慢的吃著，仍然不時抬起那雙含情而孕滿了愛憐的眼睛望著自己的丈夫；從他那慇懃而惶恐的意態上，她完全了解他那真摯的情意。

『可憐的人！』她在心裡悽楚地喊道：『這十年對於他是一種什麼酷刑呢！回家後我會讓他驚奇的！』

為了要讓妻子挾到放在自己面前的菜，他忙著用手去將那兩隻盤子的位置調動，但，一不小心，左手的盤子滑落在地上，跌碎了。

這響聲驚動了四周的客人，那個面色難看的侍者急急地走過來，聲明那隻盤子是江西細瓷，照價賠償對於飯店仍是一種損失。接著，賬單送來了，一起是七十塊錢。

這簡直是一場最難堪的惡作劇。用一個理由讓她先走出飯館，他將那僅有的五十塊錢放在賬櫃上，然後用歉仄的聲音保證在半個鐘頭之內將不足的餘數送來。

「就是不送來也不要緊，」掌櫃的人冷冷地說：「不過，我們這些江西細瓷菜盤，是再經不起敲碎的！」

走出飯館，他突然昏亂起來。這些坎坷的生涯，這頓不愉快的晚餐，侍役和掌櫃的奚落……

他站著，現出一種難堪的表情，望著妻子身上沾污的油漬。

「這可以洗得掉的！」她熱望地去拉他那在微顫的手，慰解地說：「我們還是快些回家去吧，我要讓你……」

他震顫了一下，生硬地接著說：

「妳要讓我驚奇？」

「當然，我們不是有約在先的嗎？」

「是的，不過……」

「不過什麼？」她急切地問。

他睉著眼望她。突然，一個強烈而可怕的念頭向他襲來，當她再次搖動他的手時，他用一種並不是發於他自己的聲音說：

「妳聽我說，我發誓這不是笑話；我覺得，妳應該離開我——馬上離開！離開！」他沙嗄地喊著：「妳想，妳還年青，妳應該快樂！我不能這樣自私，讓妳陪著我吃苦！我，我實在太無能了，這十年來——」他扭曲著嘴唇，裝著苦笑：「妳全知道了！喏，剛才這頓晚餐，妳覺得驚奇嗎？」

她頓了頓，異常安靜地回答：

「你要讓我驚奇的，也許是你現在所說的話吧？」

「話？哦——是的是的！」他矯飾地接著說：「正是我的意思！」

「你以為，這樣，我就可以得到快樂了？」

「也許是的，不過——這是為了妳……」

她略一思索，隨即堅決地抬起頭說：

「好吧！我同意你的建議！」

「哦！」

「現在，你讓我單獨先走回家去，」她說：「等我將東西收拾好了，你再回來。」

說完了話，她返身走了。他錯愕了好一陣，跟著，他被妻子這種冷漠的神情和堅定的語氣激惱起來。他覺得，如果她是愛他的話，她應該極力反對自己這個可詛咒的建議，她應該發怒，甚至嚎啕大哭——最低限度，他認為她應該指責他……

他越想越忿懣，終於抑制不住地用急促的腳步跑回家去。路上，他想到許多令她難堪的辭句，他準備以一種怎樣惡劣的姿勢站在她的面前，用一種怎樣刻毒的聲調向她譏諷，咒罵；然後，當然——他要將這個無情的女人逐出去！

現在，他猛力推開房門，看見他的妻子十分安靜的坐在一把椅子上，雙手捧著一隻的紙盒（一隻泊來品糖菓盒），椅邊放著一隻沒有提環的小皮箱。他們互相默默的凝望了一下，她開始用溫柔的聲音說話，像以往所有的日子一樣。

「這十年來，我感謝你給我的快樂！」

「快樂？」他粗暴地重複道。

「是的，快樂！」她真摯地說：「每一分每一秒都是快樂，——怎麼，你說不是嗎？」

「啊！不……」他昏亂地扭開頭。他掙扎著，要想讓自己鎮定下來，可是，他不能夠；他只是微張著嘴，無意識的擺動著手，吶吶地說不出話。

而她，已經從椅子上站起來了。

「現在，我不能說些什麼，」她低聲說：「在這十年中，除了做你的妻子，我竟然做不到一件能讓你驚奇的事！同時，你會知道我心裡的遺憾，因為我不能替你生養一個孩子。我一直在想，我們應該去收養一個，我知道孩子對於這個家庭的重要，但，我也明白一個孩子對於我們的擔負。為了彌補這個遺憾，我節省下每一分錢，將它們積蓄起來。可是……」她驀然絕望地垂下頭。「——現在，已經用不著了……」

她將那隻紙盒遞給他。說明盒子裡儲放著她的全部積蓄。

「拿著吧，這是你的，我不能帶走！」

他並沒有接住紙盒，反而用力捉住她的手，愧疚而激動地低喊道。

「親愛的，原諒我，我不能讓妳走！我們可以去收養一個，一個女的——因為妳喜歡第一個是女兒！答應我，不要離開我！」

她急急的抽回一隻手，掩著自己在痙攣著的嘴。

「是的，」她誠實地哽咽著說：「我也不能離開！但，收養孩子的事，已經用不著了……」

「不要說傻話，」他興奮地接著說下去：「如果妳不想要女的，男的也可以。或者，我們還可以收養兩個！」

「是的，是兩個！但，實在是用不著了！」

「啊，親愛的，不要這樣說……」

「你先聽我說，」她截住他的話：「真的用不著了，因為……」她低下頭。當她重抬起頭，鼓起勇氣將話說出來時，熱淚已從睫邊滑落下來。她激動地說：「因為，醫生說我已經有了，而且是——兩個！」

四十四年二月七日

邊　緣

一

外面在下雨。不大，使人興愁悶之感。

在這間只有六蓆大小的臥室裡，我靜靜的坐在床邊，腦子裡空空洞洞的，像一座被盜掘的墓穴。我坐著，而且不知道自己這樣已經坐了多久？在等待些什麼？在想些什麼？那微弱的雨聲和那隻小鬧鐘的響聲，如同一隻在深鬱的莽林中迷途的小麋鹿的腳步；牠們猶豫著，畏怯的，輕輕的，踏過我那灰黯的生命的空谷，使我的心靈隱隱的感受到迴音的震盪……

外面在下雨。

從走進臥室開始，我便將向著園子的窗帘拉起來。我像是要藉著室內的黑暗掩蔽一些什麼？似乎只有這樣，心理上才能獲得一種神秘的安全感似的——是的，我害怕，我甚至知道自己在怕些什麼！

現在，我的目光漸漸適應室內的黑暗，我已經能夠很清晰的看見室內的一切。雖然我在這間單人宿舍裡住了長長的六年，但，它的陳設就像搬進來時一樣的簡陋單調：一張寫字梳妝兩用的小檯子，一張軟墊已經壞了的椅子，一隻小書架，一隻小衣櫥和一張單人床。這些傢俱是在附近一家生意清淡的木器店買來的，同一種木料，同一種顏色；室中惟一顯得特殊的東西，就是床頭小几上的一座六燈收音機。

這座收音機是永謙戴著他那副深度近視眼鏡，用一個星期的公餘時間特意為我裝配的。它的外殼和式樣，就和永謙一樣，笨拙而真誠。這幾年來，我生活在他那深摯而微帶靦腆的愛裡。和他在一起，我會有一種安全的感覺——就像是命中註定他一生中永遠遭遇不到什麼變故風浪。除了我自動告訴他，他從來沒有向我探詢過半句關於我過去的事情；但這並不是說他對我不關心，我敢肯定的說：他是這個世界上最愛我，最關心我的人。

當然，我也愛他，需要和信賴他。可是，我又不敢否定心中那一種奇怪的積鬱；那是一種類乎悔恨和遺憾的情愫。有時——當我發現他是如何的愛我時，我會為這種神秘的什麼而感到焦慮不安。我會驟然感到害怕，因為我不了解它。

六年前的我在牆上的相框中對著我微笑，像早春的草茵一樣甜美；我一時分辨不出這笑裡所包含的是純真還是邪惡。我注視著它，我記起那段我害怕去回憶的日子……

我忽然問自己：六年了，我整個的改變了嗎？或者，本來的我已經整個的失去了？

一個奇怪的思想使我急於要想看看現在的自己，於是我帶有點驚惶地過去拉起鑲在桌面底下的梳妝鏡，我匆匆的抹去淚痕，掠掠頭髮，然後對著鏡中的人裝出矜持而略帶阿諛的笑容，我發覺我的笑是那麼疲乏和冷漠……

我驟然閉起眼睛，用力將活動桌面拍下來。在這轉瞬間，我幾乎無法抑制自己的暴怒，我突然有受騙的感覺。於是我扭轉了身體，竦然環視著這間現在忽然變得醜惡而令人窒息的臥室，我急於要找一個發洩和報復的對象……

我又聽見屋外的雨聲了。我漸漸從極度的激動和昏亂中清醒過來，我發覺我跪在地上，望著地上被打碎的相框；碎玻璃下面的六年前的我，仍然張著嘲弄的意味向我微笑。

我彷彿又聽到我曾經很認真地向以哲說的那句話：

「我和你是同一流！用不著欺騙自己，我們都變不了好人！」

可是，我卻欺騙了自己。這六年來，我幾乎相信自己已經是一個好人了——假如那天，以哲不打電話來給我，我是有理由相信的。我平靜地撿開那些碎玻璃，將那張放大的照片取出來，望了望，然後輕輕的將它一片一片的撕得粉碎。

二

今天為什麼要下雨呢！

早上，我和往日一樣，帶來一份恬靜的心情走進辦公室。照例，桌上擺著一疊聽眾的來信。我掛好西服上衣，便坐下來一封封的看下去。這是一種樂趣，早上的一段時間，我總是這樣消磨的。

我所主持的「男女之間短篇小說」節目，相當受聽眾歡迎，而且我也有這份自信。當然，這也應該歸功於永謙的協助。他幾乎利用了每一分空暇的時間來為我從報刊雜誌中找尋理想的故事。平常雖然很少動過筆，即使是寫信也是寥寥數語，他對於文學卻有很深的造詣。每當他將一篇找來的小說拿來和我討論的時候，我總覺得他像一個精明而有眼光的古董商人。

現在，古董商人帶著他那一份嚴重的神態進來了。我看得出電機室又出了毛病。他滿手油漬，在那套藍工作服的褲腿上擦著。然後，他小心的用拇指和食指將幾張紙從褲袋裡拈出來。

「你覺得嗎，」他俯望著我說：「關於那已經是多少年前的事了，這一類小說，你播得太多了！」

「你坐下來談好不好！」

他笑了。這時才將那幾頁雜誌遞給我。

「我事兒還沒完呢！你先看看這一篇。」他興奮地說：「我連著看過好幾遍，我不知道它裡面有什麼鬼東西抓住了我！總之，它的味道的確有點不同，嚴格點說，它不像一篇小說，至少在技巧上。……」

我茫然地抬起頭望望他。

「這樣吧，你先看，我修好了機器再來和你談——你怎麼啦！」

我的頭垂得更低了，只好用手去遮住額角。

「你是不是覺得不舒服？」他關切地問。

「你走吧！」我用不快活的聲音說：「我沒有事兒！」

他大概是要說些什麼，但始終沒有說出口，猶豫了一陣，才轉身走掉。

等到我聽見室門輕輕被關起來的聲音，才讓眼淚滴下來。那就是雨的故事，以哲在最近一期

××雜誌上發表的。從標題的大小，和那個熟悉的，被製成鋅版的簽名，便表明了今天他在文壇上的地位。這是意料中事。他聰明，有才華，而且忠於他的工作，他的成功是必然的。但，有一件事卻使我困惑：他和我一樣，從意態上看，變得老成而沉靜了，雖然他仍然保持有永遠屬於年青的外貌。在情感生活上，他也有一位愛他而被他所愛的愛人，可是他為什麼會感到這樣惶惑不安呢？難道說，一個從事藝術工作的人，平穩的生活對他是一種損害？要不然，他心中所追求的是什麼？我實在無從解釋。

假如他能夠和我一樣，安於目前的生活，這未嘗不是一種幸福。他已經到達需要一個家的年齡了。總之，我不能了解他那種奇怪的想法，以及那突發的激情——

我深深的吸了一口氣，強迫自己不再去想那天發生的那件事。

我總算是將這篇小說讀完了。開始的時候，我希望他所寫的，並不是那件事。但，當我明白他正是以這種事為題材時，我反而更急切的繼續讀下去。窗外的雨聲使我憶及那天的情景，我彷彿又看見他那焦渴而憂傷的神色；聽到他那種低沉抑制的聲調……

我無意識地用手遮著這幾張紙，直至室門被永謙推開，我才從那深沉的迷惘中醒覺過來。

我發覺永謙在望著我笑。

「別感動得那麼快呀！」他說：「你瞧你的眼睛。」

我的手指觸到一片潤濕的淚水。

「我想，這應該是一個真實的故事，」他在我旁邊的椅子上坐下來，接著說：「作者頂多是將它重新整理一下而已！它可貴的地方，就是作者敢於暴露自己的弱點，揭開自己的羞辱。那是一般偽君子所不敢做的；即使故事是虛構的，他們也得將自己寫得神聖一點！」

我想打斷他的話，我要聲明我不能播這篇小說。可是，我一句話也沒有說。

他繼續喋喋地說下去：

「而且，今晚上播它是再合適不過了！還有天然的效果！」

「是的，」我淡漠地點點頭。「外面在下雨。」

但，我終究沒有勇氣在播音的時間將它播出，我不知道那時會不會播不下去，或者會發生什麼更難堪的事情。所以最後我決定先到錄音室去錄音，然後用錄音帶播送。

三

小錄音室靜得使我能隱隱聽見自己心臟的跳動，身旁紙帶錄音機的紙盤在緩緩的轉動。轉完了，我將它倒回來，重新開始。但，我仍然播不下去。又轉完了，我再將它倒回來——這種動作忽然使我聯想起那天以哲和我。我們在陽明山幽靜的山道上來回地走著，在雨中……。

我為什麼又想起他呢？我索性關掉錄音機，將雨的故事重讀一遍。正如永謙所說：它是真實的，它像一面鏡子似的，使我認清了自己，同時，也讓我了解愛——愛永遠是有缺憾的。

是的，我是一個壞女孩子。在六年前我認識以哲的時候我就是一個壞女孩子。我太漠視愛情，而太重視感官上的快樂；我所懂得男女間的事要使比我大上十歲的男人都會感到驚異。而以哲就是第一個對我毫無興趣的男人。

我認識他，是在一個完全屬於大孩子們的舞會裡。也許是因為他，也許是由於那些孩子們的純真，我變成了這個小集團中的一份子——最受歡迎的。因為那些對「愛情」和「性」一知半解的女孩子們都入迷於我所描述的那些事。而以哲也是剛剛加入這個圈子的。我發覺他不是一個好孩子，事實上他早已是聲名狼藉的危險人物。可是我發現他並不喜歡我，甚至有意對我規避。

我們在一起玩了半年，他對我的故作莊重和冷漠激惱了我。直至我發現他所喜歡的是思微時，我幾乎妒嫉得要發狂了。因為我愛他。說得明白一點，我並不是愛他的風趣和俊美（嚴格點說，他不能算是俊美），而是他的壞。我時常向自己說：我和他是同類的。他和思微不配。

思微相當美，但她的內心比外貌更美；看見她，我便會想起天使。在最初的一段日子，我的確為她擔心，但當我看見以哲用一種什麼態度去接近思微時，我開始明白他的心意了。

有一天，為了討論一件什麼事，我打趣地向他說：

「壞人做厭了嗎？」

「嗯，」他認真地點點頭。「也許我開始對做好人感到好奇吧！」

「那麼有一天你也會厭的。」

他並不回答我的話。但，在心中，我認為他只不過對思微的純潔好奇罷了。我知道，總有一天他會像以前放棄那些女孩子一樣放棄思微的，因為我懂得做慣了壞事的人的心理。

那年的聖誕節，我們大夥兒一起到陽明山去參加××大學同學會的通宵舞會。十一點過後，思微和其他的女孩子僱著車要回臺北去，結果以哲將她們一起送走了，只留下我和幾個舞興正濃的男孩子。但，兩個鐘頭之後，以哲又回來了，從他的眼睛中，我窺出他在渴求著什麼。

結果，他喝了許多酒。在他快要醉倒之前，我提議回去，因為五個男孩子跳一個女孩子實在太乏味了。但，當我們離開舞會，我又用其他的理由讓他們順從我，一起到旅社過夜。因為那時已經是清晨四時了。

以哲用奇怪的目光望我，並沒有反對我去扶他。進了附近一家日式建築的旅社，我們分別的住在被分隔開的房間裡。我在溫泉裡浸了很久，直至我認為他們都已熟睡時，我才起來悄悄的走進以哲的房間裡去。

室內的光線很暗，我激動地撲倒在他的身上，擁抱著他，吻他。可是他毫無反應，於是我用力去搖他，喊他的名字；我知道他是清醒的，他只是在裝睡而已。最後，我絕望了。

「以哲，我知道你並不喜歡我。」我說：「可是你要明白，我和你是同一流的，用不著欺騙自己，我們都變不了好人！」

他仍然靜靜的躺著，發出輕微的鼾聲。猶豫了一陣，我只好站起來，無可奈何的離開他的房間。那天晚上，我痛苦得希望自己能馬上死掉，因為這是我有生以來第一次感到羞恥，第一次發覺自己的卑污和醜陋。

十點過後，已經起來的人到我的房間裡來找我，但我不見以哲。最初我以為他已經走掉了，等到我們進入他的房間，才發現他仍醉在床上，枕邊和蓆上全是嘔吐出來的髒物。

我幾乎要哭出來。因為他是我離開他之後才嘔吐的。那麼，那個時候他確實已經醉得昏迷不醒了，他並不知道我曾經做過那種可恥的事了。

之後，以哲突然的離開臺北，到南部一家報社去工作。我想，他也許和思微發生了點什麼不愉快的事，才決定這樣做的。而他這個決定卻影響了我，使我從那種渾噩沉迷的罪惡生活中醒悟過來，使我覺得我也該為自己有所決定。因此，當我在一個偶然的機緣中認識永謙，而且很快的答應到他所服務的電臺上工作時，我感到一種新奇的喜悅。後來，以哲和思微訂婚了，他的努力也得到了收穫，我經常在報刊上讀到他非常出色的小說。但我們始終沒有再見過面，連最普通的聯繫也失去了。半個月前，我突然接到他打來的電話。我當時的驚喜是可以想見的。我發覺我很想念他，因此當他在電話中約我第二天早上在陽明山車站見面時，我竟然不假思索地應允了。

四

那是一個雨天。上山的人並不多，當公路客車駛入陽明山車站時，我便看見以哲手上拿著一把黑洋傘，站在候車室的門邊。我下了車，走近他，才發覺他的形容很憔悴，像是老了許多。

我們默默的對望了一陣，他先笑了，生澀地說：「我們很久沒見面了！」

「有五六年了吧，」我認真地回答：「臺灣的地方不能算不大。」

「嗯，不過我很少出來。」

「我也是的——思微好嗎？」

我窺見他微微震顫了一下，然後低下頭撐雨傘。他先起步，我只好走近他的身邊。轉上通往山頂的路，他才沉鬱地回答我的話：「我們已經解除婚約了！」

「解除婚約？」我低喊起來：「為什麼呢？」

「她對我沒有信心。」

「但是你們已經相愛五六年啦！」

「這只不過使大家的情況更壞。我們已經沒有耐心了！」

「你們訂婚之後，不應該拖得那麼久還不結婚。」

「這不能怪我，我一直希望能夠早點結婚的。」

「那麼她又要等待什麼呢？」

「信心！」他簡截地回答。

「那也許是你不好！」我問：「你曾經做錯過什麼事情嗎？比方，對於別的女孩子……」

他頓了頓，低聲說：「反正我說了真話，事情做得對，她也不相信！我連對自己的信心都失去了。」

「你是說，要做一個好人的信心嗎？」

「你是記得這件事——你呢？我忘了問你。」

「我？」我故作輕鬆地笑笑。「我覺得我以前的想法錯了。」

「錯了？我正要相信你所說的話是對的呢！」他沉肅而認真的神態使我吃了一驚。他接著說下去：「所以，我才決心來找你。」

「找我！」我驟然停下腳步，畏怯地望著他。

他不理會我，又繼續走起來。當我們經過一家旅社外園的大石門時，他回頭問我：

「你還記得這兒嗎？」他不等待我回答，便接了下去：「我還記得，那天晚上你對我說的話。」

他突然有意味地笑起來了。

「你說什麼？」我微帶驚惶地問。

「你忘了？」他注視著我，突然收斂了那種邪惡的笑容，顯得有點頹喪地低下頭。

「我不應該來找你的，我太自私，太卑鄙了！」他悔恨地喃喃道：「我為什麼老是記著那句話呢——你已經長大了，一切都過去了！」

「以哲，我一點都不懂你在說些什麼呀！」

「不要去懂它，我們回去吧！」

「你約我到山上來，只是為了要說這些話嗎？」

「我只是想見見你。」

我們站到斜坡的招呼站前，雨仍在下，他的左肩完全濕透了。我們互相默默的在傘下對望著。

「我真不了解你！」我終於忍不住說。

「是嗎？」他露出一種深摯而平靜的微笑。「我也是剛剛才了解自己呢——你看，」他抬起頭，我發覺他在抑制著眼中的淚。「雨傘在哭泣了！」

「為誰哭泣？」

「為我，」他認真起來。「因為它聽到一個使它感動的故事！我們的談話，不是都被它聽去了嗎？」

「你又在胡思亂想了！」

「不是胡思亂想——這是一篇很好的小說，我要用一種新的技巧表現它！」

五

收音機的小燈發出螢螢的綠光，我的聲音在繼續播送下去：

『她猛力搖撼著我，喊叫著我的名字。最後，她顯然是絕望了，經過片刻的思索，她俯在我的身邊說：

『「你應該明白，我們是同一流的，用不著欺騙自己，我們都變不了好人！」

『然後，她返身走掉了。當紙門重被拉上之後，我連忙坐起來，我想叫住她，但靈魂中一種執拗的力量阻止我那樣做，我反而感到自傲，因為現在我的寂寞是道德的，高貴的，是一個人性的社會所需要的。

『為了掩飾她為這件事而感受到的羞辱，我故意使自己嘔吐——。』

聽到這個地方，我隨即將收音機關掉。

現在，我才驀然醒覺。我和以哲都會感到寂寞的，但那將是一種幸福而甜蜜的寂寞，因為，我們都曾經徘徊在痛苦的邊緣上。

我過去拉開窗帘，雨不知道在什麼時候已經停了，回頭看看地上破碎的相框和紛亂的紙片。

「這就是我的過去，」我向自己說：「我現在就去找永謙，讓他陪我去拍張照，放大一張十二寸的。」

四十四年六月十一日

曹高律師

一

命運這個怪物，似乎總是喜歡對那些有理想有抱負的人嘲弄，這一點，我已經從好些偉大人物的身上獲得引證；至少，這些人曾經被命運嘲弄過。

因此之故，那些正在被命運嘲弄的人，我總是以一種同情而近乎崇敬的心情去接近他們。

二

曹高律師就是這類人物。命運非但嘲笑他，而且處處和他的理想抱負作對，並不因為他刻意的取了這個名字而使他的身體長高一點；他矮而瘦小，給人一個名不符實的感覺；任何一個人，都能夠從他的神情和舉止談吐中窺見他那並不快活的童年，冷淡的家庭和索然無味的學校生活；這也許就是造成他落落寡歡的個性，以及被命運這個怪物嘲笑和作弄的重要因素。

在他整個生命中，唯一顯得不平凡的地方，就是他外貌的醜陋：才滿四十五，頭頂已是牛山濯濯（應該說從三十五歲起），但他對此並無遺憾，他堅信這是即將發跡的徵兆；他的眼睛並不近視，可是眼球卻是凸出來的，儘管它們怎麼直瞪著你瞧，也絕對不會使你覺得難堪，因為它們的裡面像是缺乏一點光澤，水份、或者是其他的什麼？所以老是顯得有點無精打采，有點視若無睹的意味；其餘的，真可以說是『每況愈下』：塌鼻樑，烏黑而厚厚的闊嘴，短下巴，再往下看：是長長的脖子，窄窄的肩膀，弓著的背，乾枯而冰冷的手（和你握手的時候，往往使你不知該在什麼時候鬆開才好）。以上的描述，並非說是他的形體一無可取，說老實話，他那雙腳雖然令人懷疑它們是否能支持住他身體的重量，但當它們走動的時候，卻使他身體上的每一點醜陋，在這一搖一擺之間，獲得了一個『完整而統一的和諧』；由於這種和諧，所以從來沒有人對他的醜陋有所挑剔——因為只有包含在美中的醜陋，才是真正的醜陋。

如果依照我的這個說法：完整的醜陋就是美；那麼依照一般人的說法：他的美，就是一種不敢恭維的美。

曹高律師的靈魂，不幸也是一樣：美得令人——令一般人不敢恭維。他秉有一切好人的美德、正直、仁慈；可惜的就是他有愛管閒事的小毛病。

他從小就嫉惡如仇，如他所說：『為了要替這個渾濁的世界保留下正義和真理』，因此他才毅然選擇律師為終身事業，他的老父對他本無奢望，傷心之餘，只好成全他的宏願；賣掉一些田地，將他送進一所以法科著名的大學。他的天資愚鈍使他七年之後才戴了一頂方帽子同到家鄉，再花上三年時間到一位名律師的事務所去見習，然後才將鄉里親誼們合贈的，刻著『曹高大律師事務所』字樣的大牌子，在城裡掛起來。

現在，論資歷，他應該是一位前輩了，他的同學——甚至後期的同學，差不多一個個都已飛黃騰達；可是曹高律師依然是曹高律師，連那塊大招牌也沒變。變的，就是他的事務所從大樓變為小樓，從小樓換成亭子間；來到臺灣之後，索性和吃住的地方併在一起，擠在一間租來的，面積只有六蓆大小的克難平房裡面，那塊具有歷史價值的大招牌就掛在門旁，由牆腳直至屋簷，頗引人注目。

至於他的業務，一方面由於事務所的地勢偏僻，一方面也許由於他籍籍無名，儘管他是那麼勤謹的（像一個生怕敲掉飯碗的小職員一樣），每天在他的寫字桌前面坐足八個鐘頭，仍然難得有當事人上門；即使是上了門，也難得談成功一宗最起碼的案件。

如果研究他失敗的原因，與其說因為他的頭腦簡單，口才笨拙；不如說因為他的正直，和他那過了份的古道熱腸。從他掛牌做律師開始，他就把替那些『受難者』辯護視為一種應盡的神聖義務——『為了要替這個渾濁的世界保留下正義和真理』的緣故，因此他一律謝絕報酬，非但謝絕報酬，還自己掏腰包花錢代登啟事廣告。所以在開始的兩年間，曹高大律師的事務所簡直是門庭若市，經辦的案子堆疊如山，直至他將他的老父遺下的祖產完全蕩光。但曹高大律師並不後悔，換了一個比較小的事務所，他依然故態不改，寧可當掉褲子，也要為他的『受難者』義務辯護。不過，再過兩年，那些『受難者』漸漸少了；到後來，即使他免費之外再加贈送，也沒有人敢找他了。

因為曹高大律師從未打勝過任何一件官司。

其實，打不勝官司並不怎麼嚴重，嚴重的卻是他非但沒有打勝，反而會因他那笨拙不當的辯護而加重了罪名——即使那位『受難者』的確無罪，即使那件官司有百分之百的勝訴把握。

於是，『糟糕律師』總算是出了名。

三

『糟糕律師』出了名，那是在大陸上的事；在臺灣，他是『曹高大律師』。因為他從民國三十八年在基隆碼頭上岸開始，就沒有接辦過任何案件——如果有，那麼只能算半次。他的當事人是自己，他替自己辯護。

那半次記錄似乎值得在這兒記述下來：那一天曹高律師乘搭的那輛公共汽車非常擁擠，半途上其中一位乘客忽然發現他的錢夾被竊，而且他肯定的聲明小偷就在車上，因為車子離開上一站的時候，『我還摸了一下』。於是，愛管閒事而正直仁慈的曹高大律師開始激動起來了；但，非常不幸，他的建議激起公憤，他的熱心引起那位失主的猜疑，而最有力對他最不利的證據卻是：『他長了一副小偷相』！

碰到這種惡劣的情勢，結果怎樣是可以想見的：小偷先生在混亂中從容下車（假如他有興趣的話，還可以留下來看看這場鬧劇的結果），曹高律師則被失主扭赴警局。按理，曾高律師是不難洗刷自己的罪嫌的，因為沒有證據；可是，他的慈悲心害苦了他。

在到警局的路上，他發現那位『可憐的失主』的手在發抖，而臉色更難看，一陣紅，一陣青，一陣白，於是慈悲為懷的曹高律師開始想；他大概是一個窮公務員，剛領到薪水，也許是剛借到——甚至可以說是剛從當舖出來；這些錢，可能是拿來維持這個月的生活，可能家裡有人生病，比方妻子小產，孩子出痘子，患百日咳等等。想到這些地方，他不敢再想下去，因為他已經那麼真確的看見，如果這個人失去了這些錢，他將要招致的惡運了。

於是，曹高律師用一種悲憫的聲音，向這位氣勢洶洶地拖著他走的失主說：

「朋友，我非常同情你的遭遇……」

「大家彼此彼此吧！」失主獰惡地笑笑。「說老實話，我也非常同情你的遭遇！」

「你用不著替我難過，我有吃有穿，而且還有很高尚的職業。」

「啊，這太使我羨慕了！」

「如果你不生氣的話，」曹高律師說：「我可以問你幾句話嗎？」

「請便請便，」這位失主怪聲怪調的回答：「要不然，這樣走到警察局去，太無聊了！」

曹高律師馬上同意他的觀點，他連忙將腳步加速，和拖著他的人並行，顯得親熱一點。

「我想，」曹高律師繼續說：「你失去的那些錢，對你一定很重要吧？」

「大家彼此彼此！」失主淡淡的應著，故意碰碰他的手拐。「可以說對我們都很重要！」

「我想，你失去那些錢，你的生活一定過得更困苦了？」

「那還用說，我至少得為它哭上兩個月！」

曹高律師的鼻子發酸了，但他極力抑制著。

「我想，」他痛苦地說：「府上一定發生了什麼不幸的事情！比如，嫂夫人小產……」

這位單身漢忍住笑，為了使這段路走得更快活一點，於是他裝模作樣地低下頭。

「是的，小產——她不得不這樣呀！不瞞你說，她懷孕已經懷足一年了，我不忍心讓她整天挺著肚子！」

「哦，那麼生下來的是少爺還是千金？」

「這很難說，」這位幽默的失主皺皺眉頭。「醫生們還不敢下這個決定。」

「那麼這孩子一定有很多的毛病了？」

「不多！能叫出名字的，約莫有四五十種吧！」

現在，曹高律師實在忍不住了，他哽咽地問：

「朋友，那麼你說吧，你失去了多少錢？」

「你數數你口袋裡的錢就知道了！」失主陰鬱地回答。

他們將腳步停下來。曹高大律師果然那麼慷慨地掏出他所有的錢，一張一張的數。一共是一百六十四塊錢。

「朋友，」仁慈的曹高律師抬起頭，困難地說：「如果你不生氣的話，呃——那是說，你失去了多少錢，不用客氣，請坦白的告訴我，我雖然並不富裕，但仍足溫飽，而且還有高尚的職業；所以，我願意幫助你……」

這位失主顯然是被感動了，他拍拍曹高律師的肩膀說：

「啊，你的美意我心領了，但我也和你一樣，是一個正直而仁慈的君子，所以我不能這樣做！我看，我們只要到警察局去跑一趟，事情就會解決的。」

結果，在警局裡，那位『正直而仁慈』的失主報失新臺幣一百六十四元。儘管這位名重一時的曹高律師如何替自己辯護，公正的法官依然判他有罪。因為原告能夠說出他失去的錢裡有幾張拾元票，幾張五元票，幾張小票和幾隻角子。

所以，這件官司在曹高大律師的記錄上，是『不幸的敗訴』。

四

這天，從那半次案子之後，至少有三年沒有接辦過案子的曹高大律師忽然靜極思動起來。他曾經細細的想，分析——他是那種有自知之明而且勇於改過的人，所以終於給他找到了失敗的原因。

那真理就是：

『我不能再守株待兔！』他認真地向自己宣示：『案子不來找我，我就要去找案子！』

打穩了這個主意，他馬上想到以前的清官微服私訪民隱，他認為這是找案子最好的方法。

就這樣，正直而仁慈的曹高律師開始到處去尋找他的那些『受難者』。但，一個星期之內，他闖了七次大禍，小禍無算。不過，他並不後悔；愈受打擊，他愈顯得勇氣百倍。他認為英雄最大的悲哀是碰不到強敵，所以在中外小說裡面，他最喜歡『唐・吉訶德』——因為儒夫才會去欺負那些比他弱的。

而曹高大律師永遠是一個強者，真正的強者！

這天——這天似乎也是值得在這兒記述下來的：他走進早晨混雜囂鬧的菜市裡去，前幾天那些痛苦的經驗使他放棄了那段開場白（廣告式的說詞），他變換了另一種方式：用眼睛和耳朵去尋找。

果然，才兜了半個圈，案子給他找到了。

事情的發生是這樣：

一位滿臉紅光的胖女人和一位面有菜色的瘦女人在菜市內相遇，顯然她們是老朋友，而且好些年沒見面了，因此當那位瘦女人用一種半肯定的聲音叫那位胖女人的時候，後者愣了一下（只是那麼一下），她臉上的肉團隨即滾動起來。

「哎喲！」她爽朗地叫道：「如果妳不叫我，我真的認不出來啦——阿紅，等一下！」

那位瘦女人羞澀地笑笑。於是她們站到一旁，開始她們的談話。而正巧曹高大律師就在她們的旁邊，把她們的話全聽進耳朵裡去。

現在，胖女人看見瘦女人不響。她憐惜地接上一句：

「唉，妳看妳，這幾年把妳折磨成什麼樣！」

「其實也沒什麼，只是身體不大好。」瘦女人掩飾地摸摸頭髮，瞟了胖女人身後的胖下女一眼，順手將手上的小菜籃挪到背後去。

「妳還說沒什麼？」胖女人不滿意地頓了頓，說：「我知道妳就是拉不下臉，好強！吃虧的還是自己呀！妳想，戀愛成功的又怎麼樣——都是假的！如果我跟妳一樣，守住我以前的那一位呀——哦，我忘了說，我跟他兩年前就分手了！我現在才是什麼都想明白了。夫妻，還不是那麼一回事，什麼『有情飲水飽，無情吃飯飢』？鬼話！菜錢十塊一天跟二十塊就差得遠啦—妳們多少錢一天？」

「我們人口簡單……」瘦女人含糊地將話岔開：「其實，我倒不在乎多少，只不過，我的那個……呃——老是愛死不活的，有時候我倒真的希望他像車啟亮那樣虐待虐待我！」

「唔……」胖女人像是已經發覺了點什麼似的點了點頭，正色地說：「我看這情形不對啊！準沒錯——他對妳膩了！我以前的那個就是這樣！夫妻間到了這種地步呀，還是趁早離開好——好啦，妳也別傷心，因為我們是好姐妹老朋友，我才肯說這句話：妳也得替自己想想，女人家一生能夠快活幾天？而且，憑良心說，妳長得又不壞，妳怕……」

「有時候我也這樣想，」瘦女人喃喃地說：「不過，我又覺得他對我沒有什麼差錯，再說，如果真的離開了……」

「就搬到我這兒來住好了！」胖女人熱心地接住瘦女人的話：「我擔保替妳介紹一位有錢有勢的！」

瘦女人開始猶豫了，胖女人還在旁邊喋喋不休的敦勸，曉以大義；最後，瘦女人為難地抬起頭。

「我用什麼理由離開呢？」她自語地說。

「我們可以去找個律師談談。」

曹高律師沒有錯過這個機會，連忙將一張大名片遞過去，而且聲明是絕對免費。

「妳們的話，我全聽見了，」他說：「我非常同情這位太太的遭遇（當然，這位太太的熱心我也很敬佩的）。在法律上說，妳可以告他『精神虐待』，妳只要照照鏡子，妳就知道他已經把妳虐待成什麼樣子！」

「真是可憐見的！」胖女人補充了一句，假意用手絹揩拭眼角。「妳今天真是碰到貴人啦，妳看，呃，這位——哦，曹大律師又答應義務幫妳的忙！」

事情總算是這樣決定了。打鐵趁熱，曹高大律師隨即跟那位瘦女人回她的家，去找他的丈夫作初步交涉。

有了上一次『小偷事件』為例，這場交涉的結果我不忍心詳加描寫：總之，那位『愛死不活』『虐律太太的丈夫』明白了來意，大發雄威，賞了曹高大律師兩拳；計打落門牙兩隻，平均每拳一隻；而那位被丈夫『精神虐待』的瘦女人竟因而大夢初醒，發覺丈夫仍然愛自己，於是重投丈夫懷抱。

可惜這次『離婚事件』在派出所就解決了，沒有以『妨害家庭』罪移送法院，要不然曹高大律師在臺灣的記錄又要增加半次，因為又是為自己辯護。

五

經過這次『離婚事件』，曹高大律師在床上足足躺了半個月；痛定思痛，他開始後悔自己的魯莽，沒有把事情的真相弄明白。所謂吃一次虧，學一次乖，他再不肯輕舉妄動了。他覺得，只要去找那些『既成事實』的，才是最聰明的辦法。

決定了原則，馬上有一個問題鑽進他的腦子裡來。

對！就是黃牛問題！

黃牛問題是臺北市民心中的一件久懸未決的大事，這點是毫無疑問的。曹高大律師幾乎每天都可以從報紙雜誌上讀到當局決心如何取締黃牛的新聞、讀者投書、建議、以及那些耍筆桿的朋友打擊黃牛的文章，簡直可以說是洋洋大觀。

但，有一點是非常重要的：黃牛雖然成為眾矢之的，可是他們沒有辯護人。他認為這是不合理的，依照他的看法，黃牛就是『受難者』了。

而我們這位正直而仁慈的曹高律師是永遠站在『受難者』這邊的。為了害怕重蹈覆轍，所以他得先到電影街去了解了解『黃牛問題』的真相。

當他由住所步行到西門町（為了害怕重蹈覆轍，現在即使是再遠的路，他也不敢乘搭公共汽車了），距離賣票的時間還有兩個鐘頭，但，在大世界戲院的票窗前面，已經排上了好幾十個人。毫無疑問，這些人就是黃牛，就是他正要仗義救助的『受難者』了。

於是，他連忙站到一旁，偷偷的窺察著他們。

他發現他們每個人都是那麼耐心、疲憊而焦躁地排隊佇候著，有些在和身前的同伴談論著些什麼，有些在閉目養神；其中還有佝僂的老人，在餵奶的母親，和即將分娩的孕婦；在票窗附近的邊門和牆角，他看見好些蓬首垢面的孩子們在地上打滾嬉戲，然後又追逐到人叢裡，在大人們的腳下躲藏；那在排隊的母親一時興起，他們的小臉上馬上現出五條指痕；而另外還有幾個，卻踡伏在牆角熟睡了。

『他們一點也不珍惜寶貴的時間啊！』曹高大律師在心裡痛苦地喊道（因為他是一個最愛惜時間的人）：『這些男人，為什麼不利用這些時間，像這個社會上所有的人一樣，努力去創造自己的事業前途？』他的眼睛落在那個母親和孕婦的身上。『這些女人，她們的家庭不需要她們嗎？她們為什麼不留在自己的家裡，像所有的主婦們一樣：處理家務，做針線，下廚房？而這個嬰兒和孕婦，這樣不會影響她們的健康嗎？按照社會上一般的情形，這嬰兒應該安穩的睡在搖籃裡；這孕婦應該保重自己的身體和注意胎教，而這些孩子們，這些小天使，未來的國家棟樑，社會柱石，為什麼不送托兒所、國民學校去呢？難道，這些「受難者」忽略了這些？這個社會也忽略了這些嗎？』

曹高律師思索著，開始到另一家電影院去。在那個地方，他看到完全相同的景象：這些『受難者』把他們寶貴的時間、光明的事業前途、健康、家庭和子女的教育等等，壓根兒的忽略掉了！

他開始想：他們到底為了什麼？

這簡直是一件不近情理的事，是一件與自然生存法則不相符合的事；曹高律師讀過這句名言：『存在就是真理』，那麼，它必然有它存在的價值和理由。可是，他依然不能理解。最後，他不知自己為什麼會聯想到那為人類偷竊火種的普羅米修士；他開始研究這種精神是否有關聯……於是，他耐心地站在一旁，等到那只能伸進兩隻手指（粗大的手指不在此列）的票窗開始售票，等到那些『受難者』將手上那些已經浪費了他們兩小時寶貴的時間，毀掉自己的前途和健康，漠視了家庭和子女的教育——而換來的票子，開始向那些從汽車裡鑽出來的、三輪車上跳下來的、飯館咖啡室裡晃出來的紳士淑女們兜售。

這簡直是一種摧殘人類尊嚴的勾當！買賣雙方鬼鬼祟祟的瞻前顧後，鬼鬼祟祟的討價還價，然後再鬼鬼祟祟的銀貨兩訖，完成交易。

驀然，曹高律師看見一隻有力的手拍在那個『受難者』的肩上，『受難者』猛然回轉頭；在這一瞬間，他的臉色驟然變成灰白，雖然她悽惶而軟弱地哀求，但仍然跟著這位大公無私的警員走了。她那負有『把風』任務而『失風』的孩子跟在他母親的後面，輕輕的哭泣著。

這番悽慘的景象使善感的曹高律師永生難忘。

『我曹高大律師不去救他們，』他堅決地向自己說：『誰去救他們？』

但，他依然不願馬上離開，他以一種悲憤的意態注視著眼前這些在找尋生活和在找尋娛樂的人群，他說不出，自己是憎恨他們？還是憐憫他們？

而這天晚上這家戲院放映的片子被某權威影評家譽為『甲』級片，所以賣座非常清淡；戲院那囚籠似的鐵閘拉開之後，才一會兒功夫，門前除了只剩下幾個在愁眉苦臉地等女友的小伙子，就是這些開始緊張起來的『受難者』了。那些票窗是那麼可愛的空著，可以看見裡面的賣票小姐在照鏡子，整理著秀髮。

越是這種時候，時間像是過得越快，戲院的鐵閘又拉起來了。現在，曹高大律師開始看見另一幅悲慘的景象：顯然比德國戰時馬克的貶值還快，票子的價格直線下降，而終於隨著時間完全失去了價值，變成一張不值一文的廢紙。他望著，他了解這些『受難者』的心情，以及他們所蒙受的損失（這是商業上絕對不會發生的）；他知道他們為什麼寧可將票子撕碎，而不願意和別人一樣的進去找尋『娛樂』。

曹高律師心裡雖然感到痛苦，但，很滿意今天晚上的收穫；在這幾個鐘頭之內，已經讓他窺察出事情的端倪了。回到家裡，他用一個晚上的時間去思想——將問題分析、歸納、找到結論；然後擬就一份偉大而周詳的『救贖牛類』的計劃。

六

第二天一早，曹高大律師連臉都忘了洗，便去實行他那偉大計劃的第一部份；他到市內去，找到一個出售愛國獎券的攤子。那位攤販昨天晚上贏了幾個錢，所以這天早上十分愉快；他和顏悅色的向走過來的曹高律師點點頭。

曹高律師先買下一張獎券，然後拿出一本記事冊，隨口問：

「你們賣一張，可以賺多少錢？」

「五毛！」攤販回答。

「那麼，」他問：「如果到了期還賣不掉，就要變成廢紙囉？」

「也許變成廢紙，也許使我變成富翁。」

「對，這一點很重要！」曹高律師自語著，在記事冊上記下些什麼。然後再抬起頭，搖搖手上買來的那張獎券，又問：「這張獎券如果有人願意出更高的價錢，我轉賣給他，這算不算犯法？」

「犯法？沒聽見過！」那位神情愉快的攤販提高嗓子：「據我所知，就有一個人願意出五百塊錢要別人把獎券讓給他——他喜歡那張的號碼！」

「打擾你了，再見！」

離開了獎券攤，曹高律師接著到附近的公共汽車車票代售處去。坐在那張小桌裡面的那位售票先生是一個喜歡說話的人，所以他對曹高律師大表歡迎。最後，他們談到了正題。

「印好的票子足夠賣到民國一百年，」那位售票先生說：「盡量供應，多多益善。問題是買到票子沒用，主要的你還得花時間排隊才能擠上車。所以，我敢說沒有這種傻瓜，還要出高價錢去買它！」

「打擾你了，再見！」

離開了車票代售處，曹高律師開始去訪問市上各種行業：打聽它們所獲的合法利潤、意外損失和黑市情形等等。回到家裡，他再花上兩個鐘頭去整理這些資料，做出一份精確的統計表，算出目前商業上最標準合理的盈利比率。在黃昏之前趕到電影街去。

在一家戲院的門口，他拉住一個黃牛。

「朋友，」曹高律師說：「我想見見你們的理事長。」

「什麼，理事長？」

「就是你們公會的主持人。」

「公會？」這個愛笑的黃牛大笑起來。「黃牛有個什麼屁公會？」

「怎麼，你們沒有公會？」曹高律師大叫起來：「這難怪你們要受欺侮了！喏——這是我的名片：我就是曹高大律師！你馬上帶我去見你們的頭目！」

這個愛笑的黃牛聽見對方是個律師，而且還是大律師，於是他連忙止住笑；他知道待會兒還有更使他發笑的，因為他們的頭目曾經被一個訟棍搞光了家產，所以他巴不得找個大律師來洩洩氣；現在帶他去見頭目，頭目一定會好好的侍候他一頓生活。

果然，那位像牛一樣結實的頭目隨手撕碎名片。

「你找我幹嗎？」他兇惡地問。

「我非常同情你們的遭遇，」曹高律師誠摯地說：「如果你們聘我為常年法律顧問的話，我保證你們將要受到法律保護！而且……」

「而且，」頭目掄起拳頭。「你就可以賺到一筆錢？」

「錢？」曹高律師連忙否認：「你看錯人了！我曹高大律師一向是免費的！我來找你們，只是因為我非常同情……」

「你還是趕快同情同情你自己吧！」頭目狠毒地說：「要是你不馬上給我滾開，或者你長得更像一個人的話，那麼……」

總之，這天晚上曹高大律師是被法律保護著回家的；但，他幾乎可以說是遍體鱗傷了。

七

我早說過，曹高大律師渾身都是美德，所以他非但原諒那個黃牛頭目這樣對待他，反而對於『救贖牛類』的決心愈加堅決——『我曹高大律師不入地獄？誰入地獄？』

說做就做，第二天，他先去邀請一位也是執行律師業務的朋友看晚場電影，說好七點整在某戲院見面；那位朋友實在不忍拂他的意，只好勉強答應奉陪。然後，他到郵局去買一些小額郵票……。直至這天下午他認為一切工作準備就緒了，便提早兩小時趕到某戲院去，擠在黃牛堆裡買到四張票。

離開票窗，他望望手中的票子，他知道這種神聖的救贖工作馬上就要開始了，他突然覺得自己充滿了力量。接著，那位朋友準時來了，他一把拉著朋友的手，擠進人堆裡去。剛停住腳，一個高大的黃牛走攏來。

「樓下的要哦？」那黃牛眼睛望著前面，輕聲說：「八塊！中間的好位置！」

「八塊？」曹高律師大驚小怪的叫起來：「你們賣八塊？」

「剛才還賣九塊呢！」

「朋友，」曹高律師急急地抓著黃牛的手，懇切地要求道：「你要給所有的黃牛們說，頂多只能賣五塊二毛八——賺百分之二十！一個也不能多，要不然……」

這個黃牛皺皺眉頭，越看越不對勁兒，用力將手一抽溜之大吉了。沒有時間讓這位覺得莫明其妙的朋友發問，曹高律師拖著他向前面一位對黃牛活動有點視若無睹的警員走過去。他故意繞到他的面前拉起破嗓子嚷道；

「黃牛票！黃牛票！」他搖著手上的戲票。「樓下的，五塊二毛八分一張——零頭有郵票補！」

那還用說，他的朋友差點暈過去，他被那位警員捉住了。但，曹高律師一點也不緊張，他不慌不忙地掏出一張準備好的條子，遞給他的朋友。說：

「原諒我用這個方法請你來做證人！喏，請你在這張條子上簽個字，證明我的賣價是每張五塊二毛八分錢！」

他這位朋友被搞糊塗了，無可奈何地替他簽了字，他便興高采烈地跟這位警員走了。

在分局裡關了一夜，第二天曹高律師因『妨害公共秩序』罪被罰銀圓二十圓。但，他一點也不難過，他繳了罰款，笑容可掬地拿著那張罰款收據走了。

以上這些令人費解的事情，其實是由曹高大律師預先計劃安排好的；現在，真正的行動開始了。第三天，他向地方法院遞上一張狀子，控告警局非法妨害他的身體自由十四小時，同時還非法向他勒索銀圓二十圓。

正巧經辦這件案子的檢察官也是一個正直而仁慈的人，難得的還是一個標準的影迷；他覺得原告既然是個律師，而且黃牛問題的確需要解決，於是便向法院提起公訴。

當然，這件『警牛鬥法』的官司轟動了整個社會。開庭之日，可以說是萬人空巷，法庭之內熱鬧非凡。

現在讓我們將那些不關重要的問答和辯論丟開，且將曹高大律師最後在法庭上所說的那篇講詞擇錄下來：

「一個合理的社會是絕對不允許黃牛存在的！」旁聽席上一陣騷動，曹高律師繼續說：「但，今天我們這個合理的社會卻有許多種黃牛存在了！而最不幸的，他們卻被我們這個合理的社會的合理的法律所保護！而，只有電影黃牛——這門對自己作無盡犧牲，對社會作偉大貢獻的行業，卻被這個合理的社會歧視！」

旁聽席上又是一陣騷動。

「我們都知道，『時間』是促致我們這個社會進步繁榮的主要因素；職業的意義，就是出賣自己的時間去工作。公務員用時間辦理公務，商人用時間籌劃商業，農工用時間從事生產；可是，黃牛用時間去替別人節省時間，卻認為違法！

「讓我們來研究，黃牛究竟怎麼違法。我們應該承認，他們是合法地排隊將票子買到的；假如說他抬高了價錢，再將票子賣出去就是違法？那麼請指出，商業上沒有用某個價錢買進來，而必需用同價賣出去的規定？

「問題不在他們怎麼賣黃牛票，而是我們的戲院並不能容納下全部尋找娛樂的觀眾。假如沒有黃牛，那麼勢必有一大部份人，要浪費他們寶貴的時間去排隊；還有一部份連排隊的時間也沒有的人，將永遠失去了娛樂的機會。難道，這就是合理的社會應有的現象嗎？娛樂是專屬於那些時間對他們並不寶貴的人的嗎？

「所以，為了要彌補這個缺陷，黃牛便必然的存在了；他們比我們任何一個人都了解時間的重要。他知道公務員在兩小時內要辦理多少要務，使我們的行政上軌道；商人在兩小時內獲得多少進益，使我們的社會繁榮；農工在兩小時內增加多少生產，使我們的國家富足；因此，他們寧可犧牲了自己的事業前途、身體健康、家庭妻兒的撫養和教育，替我們這個社會節省下無數可貴的兩小時！」曹高律師向寂然的法庭掃一眼，接著厲聲地說：「可是，他們這種作為所換來的是什麼？是最可恥的侮辱！他們怨恨你們嗎？不！他們依然忠誠地為你們服務，毫無怨言。不過，為了我們這個民主自由、崇尚真理的社會的榮譽，我——曹高大律師，非但要挺身而出，而且還要向你們的良心提出警告：如果你們一定要指出黃牛有罪，那麼我曹高大律師要用全社會聽得見的聲音向你們承認：黃牛的確有罪！黃牛的罪足以使我們這個光榮的社會蒙羞！可是，你們也得向你們的本性良知承認：黃牛只不過是可憐的從犯！我們的社會才是真正唆使黃牛犯罪的幕後主謀人！因為，假如我們有足夠容納下所有觀眾的電影院的話……

「即使如此，我，曹高大律師依然承認黃牛有罪！但並不是那曖昧的『妨害公共秩序』罪！他們所犯的罪足以判決死刑！（全場突然肅靜無聲，只有一隻大頭蒼蠅在飛）他們違反了國家總動員法和戒嚴法！他們高抬物價，擾亂金融，影響我們整個光榮而合理的社會的安寧！

「可是，我——這個被警察局用不合理的法律罰了二十塊銀圓，身體失去了十四小時自由的黃牛，並沒犯法！我所賣的黃牛票價，是依照一般的合理盈利而定的，百分之二十——即是樓下每張五塊二毛八分——出賣二小時的合理代價。

「因此，對於我，我請求法官，為了我們這合理的法律的尊嚴，宣判警察局有罪！亦即是說；如果黃牛能夠遵守這合理的百分之二十，就是合法！如果他們超過了百分之二十，就殺他們頭！」——（掌聲延續十分鐘之久）

八

這兩天，那案子還沒宣判。『曹高大律師事務所』的大招牌已變成『黃牛職業公會籌備處』，他正式向我宣佈改行了。於是我好奇地問：

「什麼原因使你作這個決定呢？」

「我覺得，」他誠實地回答：「我的命運不允許我去做許多我認為該做的事，它老是取笑我，作弄我。現在——我只不過是故意去逗它開心罷了！」

說句老實話，我們之中，有多少人能夠像這位可憐的曹高大律師一樣，那麼仁慈的嘲笑命運呢？

四十五年一月七日

老更夫和他的狗

老更夫踡縮在土地堂土地爺爺背後的角落裡，雖然他用神案上的木板堵住那半扇破爛的板門，但，仍然止不住那像尖刀子般銳利的寒風，挾著雪花，從那些縫隙中鑽進來。門板在格格的顫抖，發出一種令人悲愁的響聲。

一陣劇烈而痛苦的嗆咳過後，他喘息著，將身體更縮得緊一點。他想：假如他的右腿不跛，背脊不那麼僵硬的話，他可以將頭藏到兩腿當中；那麼身體的溫度便會聚在一起，他的肺葉和收縮著的胃部也會好過一點。不過，他已經縮成一團了。地上鋪著乾草，他裹在一條骯髒的破棉絮裡，不住的哆嗦。

他的狗——這頭像他一樣蒼老、瘦弱和醜陋的癩皮狗，靜靜的踡伏在他的面前。由於寒冷，牠的肩背和腿上的肌肉，一陣一陣的顫動著；牠的呼吸沒有半點聲息，牠在定定的注視著牠的主人。

突然，老更夫又接觸到牠的凝視，他發現牠那雙灰黯的眸子裡面，有一種奇怪的，使他感到恐懼的光澤。

「牠會不會和我一樣，也在打這個主意呢？」他在黑暗中，望著他的狗。

漸漸，他開始緊張起來。因為自從昨天他偶然發生這個念頭之後，便發覺牠時常用這種他所不解的目光注視他。這個時候，他幾乎肯定地認為：牠也有和他相同的念頭了。

「絕對的！」他認真地向自己說：「牠始終沒有離開過我！我們已經餓了四天了。我不願餓死！當然牠也不願！連我們做人的都能夠打這種主意，畜牲怎麼不可以呢？」

老更夫從這頭狗的眼色中證實了自己的想法，他驀然覺得自己和這頭狗已經處於敵對的狀態中。他們互相凝望著。

這是一件多麼可怕的事情呀！老更夫記得，像是那些事情就在昨天發生似的：這頭狗是「來福」生的，這十多年，在他們家中，牠的忠誠已經換到應有的地位。在那段太平月子裡，牠很壯健，毛色十分光潤：牠搖擺著從前屋走到後屋，像老管家一樣有威儀。後來……

老更夫感喟地頓了頓。這個日子他永遠不會忘記的，現在他已經學會怎樣忍受這種痛苦了。總之，不幸的騷動如同瘟疫一樣傳染了這個平靜的村子，短短的半個月，他失去了一切：祖先留下的和他辛勤掙來的家業，妻子兒女，還有自由。他在數不清的罪名下，被打得遍體鱗傷。但，他們並不讓他輕易的死去，他們要慢慢地折磨他：他們只給他少許粗劣的食物，將他安置在村頭破頹的土地堂裡。白天，他要做苦役；夜間，他要拖著打跛的右腿擔任打更的工作。這就是他們對他的尊嚴和榮譽，所能做的最大的凌辱。其實，當時他可以用任何一種理由了結自己，但，那天當他從暈迷和劇痛中甦醒過來，竟然發現牠——這頭狗，靜靜地守護在他身邊，他突然覺得自己應該活下去！他認為：活著！不死！這就是對罪惡和殘暴抵抗。要讓全村子的人們永遠看見他！永遠不要忘記仇恨！

從那一天開始，他便和這頭忠誠的狗相依為命，形影不離。每天晚上，他敲著梆子，像鬼魂一樣走過這個村子，他的狗便跟在他後面。

漸漸的，他發現自己十分愛好這份工作，因為，只有在這個時候，他才是一個完全自由的人。當他和他的狗走過那些黑暗而靜寂的街巷，他便幻想著自己又走回以往那種和平美好的幸福日子裡。他微笑著，向路邊的村人頷首為禮，偶爾還停下腳步和碰到的什麼人聊上一陣，然後再鞠躬分手……這個時候，他不再是被凌辱的老更夫，而是受人尊敬的老村長。

日子就這樣一年年的過去。現在他已經變得老態龍鍾了：他的衣服已破爛不堪。鬚髮灰白而散亂，身體傴僂；而他這頭狗，已失去所有的活力，滿身長癩，垂著頭，身體就像一個由幾根骨頭支撐著的空皮囊。

「我看——」老更夫打量著他的狗。「除了這張臭皮和骨頭，它身上頂多只有兩斤肉。」

在目前，兩斤狗肉對於他，就等於整個生命；最低限度，他可以再挨過幾天。也許，明天雪就停了，路通了，糧食配給又恢復了。雖然他所得到的食物只能餵飽幾頭老鼠，但，至少還可以將生命延續下去，不致於馬上餓死！

他不願意死！他不明白自己為什麼會愈來愈珍惜自己的生命。

突然，板門被一陣狂風刮開了。雪花掃滿了一屋。老更夫像是驟然浸在冰水裡，渾身痙攣起來。這頭狗惶惑不安地豎起耳朵，回頭去望望板門，然後畏縮地爬近牠主人的身邊。

老更夫知道，假如不立刻去重新關起板門的話，他很快就會凍僵在那兒的。可是，他發現自己已經沒有力量站起來了，他感到肢體麻痺，骨節刺痛，體腔內僅有的一點體溫也耗盡了。

他忽然又觸到這頭狗的奇怪的目光。

遲了！他想：即使風雪馬上停止，也太遲了！而且，他心裡非常明白，這場風雪在這幾天之內是不會停的。

風，在咆哮！雪，繼續在下，無休止的在下……

在人們的記憶裡面，這是從未有過的一場暴風雪，從臘八那天的午夜開始，竟然連續地下了九天；非但沒有停過片刻，而且瞧不出半點要歇止的徵象。

天，灰沉沉的，像一塊腐爛的屍衣，低低的覆罩著這個僵臥在這片單調的原野上的小村子。雪早已將一切埋葬了：田隴、溪流、林木、村道、莊舍，在這個白茫茫的，令人目眩的世界中迷失了，隱沒了。當風雪從土崗上奔瀉下來，穿過那一排老樹的枝椏，再沿著凌亂地豎著木牌墓碑的荒墳堆捲掃過來的時候，它不止是在詛咒和摧殘這塊土地，它的暴怒，彷彿正在譏諷那隱藏在命運後面的死亡！

死亡！在這片如垂死者容顏那麼慘白的土地上盤旋……

大雪封鎖了每一條通往鎮市的道路，在最初的幾天，農業合作社還勉強配給每人幾兩四合麵，然後一天比一天削減配量；但，在四天前，他們索性停止配給了。因為他們找到理由充份的藉口：風雪斷絕了糧食的來源！

自從那天早上打合作社空著手回來之後，這四天內，老更夫沒有離開過土地堂。當然，由於風雪，晚間他也用不著出去守更了；其實，這並不是真正使他不出去的原因，說明白點：他害怕出去，他不忍心再從村人的手中取去他們僅有的一點食物，他知道他們也一樣地忍受著飢餓。

現在，寒冷使老更夫的飢餓感更加熾旺了，同時，求生的慾望在鼓勵著他。他以一種含有惡意的眼色注視著他的狗。他在想像，那溫暖的狗血流入他的喉管，那兩斤狗肉塞滿他那已經乾癟了的胃……

這個可怕的思想驅使他振作起來。他獰笑著，故意伸出枯瘦而在顫抖的手示意要牠走過來。這頭狗彷彿猜透了他的思想，牠畏怯地擺擺尾巴，低下牠的頭，牠的眼睛不安的翻動著。

「噓，走……走過來呀！」他用瘖啞的聲音喊道。牠勉力爬起來，向他移近一步，又停住了。

他注視著牠，心裡在詛咒：

「這畜牲裝模作樣呢，牠真的在怕我嗎？哼！牠這兩天在打什麼鬼主意，我全知道！看牠的眼睛！」停了停，他認真地向自己說：「對了！我不能向牠示弱，我不能讓牠以為我在怕牠——噓！過來！過來呀！」

他的叫聲嚇了牠一跳。牠望了望顯然在生氣的主人，然後怯生生地走近他。

他的手指已經可以摸到牠的頭了。在這一瞬間，他已經安排了殺牠的步驟：讓牠再走近一步，再用棉絮蒙住牠的頭，然後……

「過來！乖乖的，聽話……」老更夫用矯飾的溫和聲音引誘著他的狗、他的右手緊捏著始終藏在懷裡的一把生鏽的小洋刀，手心在沁著汗。

老更夫的狗延宕著，再向牠的主人靠近一步。

現在，老更夫的左手已經摸到這頭狗的背了，他發覺牠的身體冰冷，而且在不住的發抖。

他的手第一次撫摸牠的背，在那些幸福的日子裡；牠才生下來不久吧！他記得，他是多麼喜愛牠的毛色；後來，牠長大了，他怎樣捉住他兒子的小手去摸摸牠，讓他騎到牠的背上……這些日子都已經過去了，連那僅有的一點記憶也幾乎要淡忘了。

他不自覺地鬆開緊捏著小刀的右手，他驟然有擁抱這頭狗痛哭一場的慾望。但，當他伸出手去要想抱住牠時，他的動作使這頭狗受了驚，牠發狂地掙脫他的手，逃開了。不過，牠隨即又在離他較遠的地方停下來，再反過身來瞠視著這個也同時被牠的舉動嚇住的老主人。

他們像是連思想也被凝固在那兒；靜靜的，定定的，互相注視著。直至村頭外面傳來幾聲淒厲的，餓狼的哀嗥，十分鐘前那些罪惡的思想瞬即又連接起來。

這頭狗猝然扭轉頭，它那豎起的耳朵機警的移動著。從牠那閃著光芒的眼睛，和微微裂開露出銳齒的嘴角，老更夫似乎意識到什麼可怕的事情馬上要發生了。他忘了難耐的冷和緊絞著他的飢餓，也忘了他本來是沒有力氣爬起來的，他重新緊捏著小刀的柄——

但，這頭狗已經奪門而出了。

老更夫困惑地愣了半晌，才跌扶著，挨到門板邊。雪光使他睜不開眼，他無力地用背去推動那半扇敞開的板門，再拾起一根木條將板門支著。然後，又回到自己原來踡臥的地方。

他整個絕望了。他開始後悔，剛才為什麼放過那個機會？他譏誚著自己的「假慈悲」！等到寒冷和飢餓的感覺再回到他的意識中，他將一切痛苦完全歸結到他的那頭狗身上，他痛恨牠的忘恩負義，現在牠棄下了他獨自奔逃，是大逆不道，是不可饒恕的罪惡，因為他突然發現：他自己原來是那麼孤獨和寂寞，是那麼孤苦無助。他從來沒有像現在這樣渴望一個親人——即使是他這頭大逆不道的狗，來親近他，安慰他。

「這幾年，如果我沒有牠陪伴著，我怎麼能夠活過來呢？」他這樣問自己。

沒有回答。於是，他相信自己虧待了那頭狗，他詛咒自己為什麼會有那種該死的念頭。那頭狗不是奔逃，是被他嚇跑的。

「去找牠吧！」他向自己說：「牠不是和你一樣衰老，一樣飢餓，一樣需要有人陪伴嗎？」

惟恐會失去那頭狗，他連忙爬起來，身上披著那條破棉絮，扶著他的那支破竹竿，跑出這間矮小而破爛的土地堂。

外面，宇宙變得狹窄，而又無限廣闊；天上，地下，遠，近，只是一片單調的銀白。他走進茫茫的雪地裡，搜尋著，他用那蒼老而嘶啞的聲音呼喚著狗的名字：「小蒲團，小蒲團！」

沒有絲毫蹤跡，剛走過的腳印馬上被雪片掩沒了。

突然，他覺得眼前一片昏黑，像是血管裡的血液在這一瞬間完全停住了——他看見，非常清晰的看見：在前面的一棵樹下，有兩頭餓狼在撕食他的那頭狗，雪地上染滿了殷紅的血。

老更夫被靈魂中一種最強烈的憤怒所激動了。他緊咬著牙，揮舞著竹竿，向那兩頭正忙著吞食的野狼衝過去……

那兩頭狼發覺了，但，牠們不願離開那具已經被撕碎的屍體；牠們昂起頭，呲著雪白而尖銳的牙齒，發出那種含糊的，含著威嚇意味的低吼。

老更夫沒有半點懼怕，他瘋狂地撲過去，跌倒了。那兩頭狼退後兩步，那四隻血紅的眼睛瞠視著他，開始咆哮起來。

現在，老更夫掙扎著爬起來了。他望著那一堆血肉模糊的東西，他看見被咬掉一半的肺臟，散開的腸子，突然，他看見一隻手——一隻人手！像雪一樣慘白，它仍然緊握著兩片類乎樹皮的東西。

老更夫顯然是被他所看見的東西駭住了，他睜大了眼睛，嘴唇在顫抖，但叫喊不出聲者；接著，他狂亂地用手支撐著雪地，使身體向後退縮……

「我馬上就會變成這樣的！」他在心中恐怖地低喊：「就是這樣，就是這樣……」

明白了這種突變的情勢，那兩頭又繼續毫無憚忌地用那種殘酷的動作吞食那具屍體，牠們的眼睛仍不時抬起來偷窺著老更夫，但，這並不是提防，彷彿是不讓他在牠們的視線內走掉似的。

「我不能讓牠們將我吃掉！我寧可餵我的狗！」老更夫堅決地叫著，然後爬起來，顛躓地向後奔逃。

再回到土地堂，老更夫已經精疲力竭了，他剛跨進門檻，便頹然倒了下來。

「完了！」他想。「不過，我總算是回到自己的窩裡才死……」

他發出微弱的呻吟。他似乎感覺到，血流漸漸慢下來了，寒冷，飢餓，以及肢體的痛楚，也漸漸離開他了，彷彿，他不再屬於他自己，而是屬於另一個不可知的世界；在那個世界裡，靜謐而安詳。現在他真有點恨自己的固執。

「我早就該到這兒來的！」他微笑著說：「我為什麼要那樣屈辱地活著受罪呢？」

一陣腥羶的怪味刺激他的嗅覺，睜開疲疲的眼睛，朦朧中他瞥見一頭狼赫然站在他的面前！

不！並不是狼！他馬上認出來那就是他的狗！牠的嘴和臉，沾滿了已凝固的血跡，肚子脹得圓圓的，像是灌滿了水的豬膀胱，牠正扭過頭去舐身上的傷痕。

用不著再加思索，老更夫完全明白過來了——這頭狗剛才曾經在外面和那兩頭野狼搶食那具屍體！

牠的頭回過來，開始注視他了。牠的眼睛充滿了血，在老更夫看來，那一種奇怪的光芒現在已經毫無隱瞞的暴露出來了：是肉食的狂熱，是難以抑制的兇殘。牠注視了他片刻，便向他走過來了，牠用濕潤的鼻子去嗅牠主人的臉和身體。

「這畜牲在聞我的肉味呢！」老更夫屏息地詛咒著。他又想到那具血肉模糊的屍體，肺葉，腸子，緊握著樹皮的手……

不幸的聯想使他瘋狂起來！他覺得他的情感——對這頭狗的情感受了騙；為了牠，他幾乎凍死在外面，幾乎被那兩頭餓狼分食；而現在，他得強迫自己去適應這個意外的變化。牠那飽脹的肚子，醜惡的神態和眼色，遲鈍的動作，將那已經離開他的一切痛苦和紛擾都引回來了，他不能再忍受這種強烈的對比；他對牠的憎惡和痛恨隨著時間加深。後來，他發現自己在忌妒這頭狗了！

驀然，他想到報復，同時渴望著能夠馬上滿足這種如狂的慾念。在這一瞬間，他又忘了寒冷正在削割他的肌骨，飢餓在絞碎他的內臟，疲乏如同鳩毒已流遍他每一條筋脈，他霍然坐起來。

這頭狗機警的閃到一邊，偵伺著老更夫。

在決定下一動作之前，老更夫隨即改變了主意。因為，他已經看出自己正處於劣勢：他鬥不過這頭已經塞飽了肚子的狗。

「現在不能動！」你警告自己：「牠的肚子還脹著，還不至於馬上吃你！你要耐心點，等待一個好機會，然後給牠來一個猝不及防！」

打定了主意，老更夫假裝要和這頭狗親熱，他伸手去逗牠，溫和地叫牠；但，他的狗始終不為所動，只是定定地凝望著他。

老更夫終於無可奈何地扶著板門站起來，將門掩上，然後沿著牆邊向神案背後走過去。

現在，土地堂內又回復原先的狀態：老更夫蹺縮在黝暗的角落上，他的狗靜靜的伏在他的面前，注視著他。

黑夜到來之後，風漸漸止了，雪像是也停了，靜寂反而使老更夫不安起來。他將背緊靠著牆角，減少和狗敵對的面積；他極力在鎮定自己，連呼吸也盡量放得低弱些，他以為這樣會少耗損一點體溫。

「吃飽了肚子，牠一定會沉睡過去的！」他幾乎是得意地說：「看吧，牠的眼睛馬上就要閉起來了！」

為了養精蓄銳，他開始閉目養神，故意去想怎樣吃掉這頭狗，用這種思想去阿諛寒冷和飢餓；就像一個窮人用一些動聽的諾言去打發那些債主。

風雪真地停息了。老更夫在可怕的噩夢裡醒過來，發覺渾身滲著虛汗。月色將雪夜映得異常光亮。第一眼，他便看見這頭狗在盯著他。

他震顫了一下。因為這狗的眼睛，像是連眨也沒有眨動過，而且，在閃爍著一種青色的兇光。他下意識地捏緊那把小刀。但，他的手指已痠軟無力，四肢彷彿早已僵硬了似的，儘管他怎麼用力，仍然絲毫不能動彈。

「我就這樣完了嗎？」他問自己，突然害怕起來。「我不能死！不能死！」他在心裡狂喊：「風雪不是已經停了嗎？我一定要挨過去——怎麼不可以呢？我已經挨過五天了……」

這頭狗不安地注視著他。

老更夫痛苦地掙扎著，他要用比死更堅強的意志戰勝自己的衰弱。但，當他第一次從力量的頂峯絕望地鬆弛下來時，他的耳膜開始鳴叫起來了。

這種可怕的響聲就是死亡的信號嗎？

老更夫像是受著莫大脅嚇似地環顧四周，找尋答案。而這種和死亡一樣單調的，微微在顫動的聲音卻愈來愈強烈，愈來愈使這個垂死的老人不能忍受。

「死就是這樣了！」他絕望地低喊。忽然，這頭狗的那雙醜惡的眼睛如同兩把鋒利的匕首，直戳進他的靈魂裡。他為這陣劇創顫慄著，他幾乎快要將嘴裡僅有的幾隻牙齒咬掉了，他覺得，他已經傾盡全生命的力量，捏緊那把刀，向這頭魔鬼似的狗撲過去……

這頭狗瘋狂地跳起來，衝出板門外面去……

外面是銀白的雪夜，天空中沉重的飛機聲撼動了整個村子。像以往那許多次一樣，幹部們從那些溫暖的屋子裡奔出來，緊張地吹著尖銳的哨子，大聲地指揮著那些持著武器的士兵，戒備著制止人們離開他們的屋子。

但這個晚上，情況完全變了；儘管他們怎樣大聲喝止，放槍示威，而全村的人都冒死衝出來，發狂地喊叫著，笑著，號哭著；壯健的漢子們跟那些幹部和士兵衝突起來了，他們在雪地裡滾作一團，撲殺著，讓那些已經快要餓瘋的女人和孩子們，擁到田野外面去……

十分鐘之後，老更夫那頭有點類乎瘋狂的癩皮狗，嘴上啣著一塊血肉模糊的東西——一隻被撕碎了的人的手，奔回土地堂裡去。

可是，當牠衝進板門，跑到牠主人蹉臥的地方時，老更夫已經死去了；他仰臥著，可怕地睜大那雙無神的眼睛，那把小刀插在他那乾癟的肚子上，他的手仍緊緊的揑著小刀的柄；只有一點點血染在創口的旁邊，而且已經凝固了。

很久很久，他的狗仍在定定地注視著他。

四十四年十二月八日

郵　票

從金門脫險歸來，吳嘉親自駕著他那輛害瘧疾病的老爺福特到軍用機場來接我。但，他是最後一個跑過來和我握手的。

一下機，我們這幾個僥倖的生還者馬上便被在那兒守候了好幾小時的人群圍住了。我茫然地望著那些人，機械地和他們握著手——我驟然憶起那年我初次到南京明故宮機場採訪新聞時的情形：我還記得當時的對象是帶著一種曖昧意態從北平飛回來的「和談」代表。我雜在歡迎的人叢裡，竭力要擠進去；同時又害怕會別人將自己推擁到前面。結果，人散了，我一無所獲。正當我懊喪得連頭都沒有力量擡起來的時候，一個身體魁梧的中年人走近我。

「你是第一次跑新聞吧？」他挑釁地問。

我忿懣地擡起頭，因為他這句話刺傷了我。但，他竟然爽朗地笑起來了。

「你比我強，」他認真地說：「我第一次連走進警局大門的勇氣都沒有。」

我慚恧地垂下頭。他接著說：

「別洩氣——喏，這算是我借給你的！」他從記事冊上撕下一頁遞給我，等到我怯怯地接住它之後，他補充道：「可是你以後記著要還我，我是××報的吳嘉。」

「吳嘉！」我幾乎要叫喊起來，因為我讀過許多他的深刻而生動的特寫，而××報又是當地銷路最廣的一份報紙。直至他走了之後，我才發覺他在紙上寫著幾項關於這次採訪的要點。總之，他救了我，使我重新拾起要做一個新聞記者的信心。

到臺灣後，我又碰到了他。於是，我馬上便成為他的部屬。這些年來，我和他朝夕在一起生活，在一起工作。我「欠」他的愈來愈多了。因為對我來說，他是一個最好而最嚴厲的上司、仁慈的父親、可以信賴的朋友。

他會來接我的，我向自己說。但我和其餘的幾個同伴被人潮包圍著。他們挨近我們，默默地和我們握手，大家都沒有說話；他們那極力在抑制著些什麼而顯得有點冷漠的神色，如同這天的天氣一樣陰沉晦澀；致使這整個氛圍變得愈加沉重而愁慘了。

這是必然的。因為我們這個到金門前線去集體採訪砲戰的記者團，在搶灘時有五位同業失落在金門的海面。

鎂光燈強烈的閃光使我那缺乏睡眠的眼睛感到刺痛，這種感覺正如那些空爆彈在夜空中爆炸時一樣，使我驀然失去視力；我看不清那些人的臉，只感到有些瑩亮的小點在朦朧的四周閃爍；我的喉管乾澀欲裂，有一種要想大聲叫喊，或者放聲痛哭一場的慾望在壓迫著我……

我忘了人群是什麼時候散開的——也許是我已經擠出了人叢，我焦慮地向四周尋覓著。突然，我站住了。

我發現吳嘉孤獨地站在前面不遠的鐵欄邊。我第一次發現他已經老了。老得可怕。我奇怪自己為什麼以前始終以為他是一個精力充沛的年青人。

我們定定地凝望片刻，他蹣跚著向我跑過來，緊緊地搖撼著我的手，緊得使我的手指發痛。

「好傢伙！」他激動地喊道：「我知道你會回來的！」

「但是還有五個人沒有回來！」我冷冷地回答。

我為什麼要說出這句話？是在責備他？抑是責備自己的生還？我不知道。當我們從登陸艇上跳進寒冷的海裡開始，我從未想過該責備誰！是惡作劇？或是一場遊戲？都一樣！理想、責任和命運，對於一發能置人於死的砲彈，是毫無意義的！在世界的某些隱蔽之處，不是還有無數人民靜靜地流血，在無聲無息地死亡嗎？

顯然，吳嘉因我這句話頓了一下。

「嗯，是的，」他望著前面。「不過，海軍和空軍正在盡力找回他們！」

「在茫茫的大海裡，你以為會找得到？」

「為什麼會找不到？」我隨即詰問自己。吳嘉沒有回答我的話。猶豫了一下，他說：

「我們走吧！」

這時，我才發覺那幾位同伴已經被他們所服務的報社和親友們接回去了。我們上了車，直至車子轉出了北基公路，我忽然又喃喃問起：

「你以為真的會找到他們嗎？」

吳嘉一邊小心地駕駛著車子，一邊困惑地回過頭來望著我。假如不是因為這輛老爺車的引擎和排氣管的聲音太嘈，使他聽不清我的話，那麼便是他不願回答我的話。他那冷峻的目光很可怕。

其實，我並不需要他回答。我生澀地笑笑，也許是因為我太累了。但，我仍然是很清醒的，清醒得連許多幾乎湮沒在記憶中的往事都能逐一想起來。

車子過了平交道，我注視著前面的馬路——那不是馬路，那是一片獰惡的黑色的海！

我從未看見過黑色的海！哦，我的印象也許是在晚上吧。但，我能夠確定那並不是晚上，有無數細碎的光點從頂上傾注下來……

現在我看清楚了！那是在緬北野人山森鬱的莽林裡面，被日軍重重圍困的日子：沒有彈藥，沒有糧食，沒有救援；在于邦那絕望的七十天裡，我們不是也在那死亡的森林的海裡被拯救出來嗎？

我感到寬慰。他們也會的，他們只不過是第三天！

「你認識安田延之嗎？」我突然問。

「你呢？」

我和他是這次同行才認識的，談過幾句話。他的中國話說得很不錯。他是五個失蹤者之一，是一個日本青年。也許是因為剛才我憶及抗戰期間的那段苦痛的日子才突然聯想到他吧。

「他是一個很好的孩子，」吳嘉專心駕駛著車子，聲音有點憂鬱：「他的大學是在臺灣唸的，畢業後他應該回日本去，他的家在日本。」

但是，他也許有理由留在臺灣工作，有理由隨這個團體到戰地去，甚至，他有更大的理由要將自己留在海上！我想起我曾經在讀者文摘上讀過一篇真實故事；那是一個在海上漂流九十天的人的自述……

「落進海裡之後，我記得還看見過他，」我說：「那時老傅還在開玩笑，他雙手抱著一個什麼東西；那時我們都很鎮定——我現在想先去看看老傅的太太。」

「不，」老吳連忙阻止道：「你現在得先去好好地睡一覺，我帶你到陽明山去吧！」

「回家吧，現在我想回家。」

他依從了我。其實，我所說的家，只是一間八蓆大小的獨身漢宿舍而已。我曾經養過一頭小狗，但牠時常要餓肚子，於是又將牠送掉了。我為什麼要回去呢？我以前總是不願意回去的，尤其是欠房錢的時候。可是現在我卻有點急於要回去，去看看我的床，零亂的書桌；像節日裡的輪船一樣，掛滿了內衣褲破襪子旗幟的空間——在孤獨的海上時，我曾經多麼渴望要看看它們啊！

車子在園門口停住了。

「要我扶你進去嗎？」吳嘉笑著問。

我搖搖頭。「我的力氣還足夠游一千碼！」

「好好地睡吧，我晚上再來接你。大家都要和你乾一杯呢！」

這個想法太殘酷了！當傅資生、安田、吳旭（我突然又記起他那雙明亮而智慧的大眼睛，他幹這種工作還不久吧）……他們還在海裡，而另一些人卻要為我慶祝！

吳嘉將車子開走了，我還呆呆地站著。房東太太在我背後發出的叫聲使我吃了一驚。她激動地捉住我，用一種快速而滾動的聲音向我說因我的失蹤使她好幾夜不安寧，白天連衛生麻將都無心打了，一天要向我的報館打幾百次電話——她最大的長處就是能夠強迫我去相信她的話；除了嘮叨、誇張、自私和高亢的嗓調使人不快之外，我找不到她其他的缺點。她應該是更年期中表現得最好的一個女人。

我陪她聊了幾句，便先走進園門。我習慣地打開大門後的信箱，取出我的信。在這個家裡，除了那位滿臉雀斑的房東小姐的情書，要算我的信件最多了。按時來的索債信、贈閱的冷門雜誌、被編輯退回來的小說稿，還有請帖、訃文、開會通知等等。但，這天信箱裡只有寥寥兩封，而其中一封的郵票還是被撕掉的。

從那封信的字跡上，我知道是爾靈從美國寄來的。我熟悉她的字跡，正如我熟悉她的個性、對於不太鹹的話梅和文藝悲劇的愛好、頰上黑水仙香水的氣味……。這是她到美國九個月來所給我的第一封信。我想：她仍在恨我？或者她已經把那回事忘了……

「一定是小弟幹的好事！」房東太太尖銳的高音又在我的身邊響起來。有時我覺得她年青時不學聲樂是件錯事。

「小弟怎麼啦？」我詫異地問。

「郵票！」她用那瘦而長的手指點點信封上被撕去的地方，「你沒看見？」

「哦，那有什麼！小孩子好玩嘛！」

「好玩！哼，他這種壞習慣太要不得了，回來我得好好地教訓他！」

「大概他在收集郵票吧。」我勸解地說。

「收集他個鬼！書也不唸——等一下你看我怎麼收拾他！」說著，她氣沖沖地像隻剛下了蛋的老母鴨似的走進屋裡去了。

我沒想到小搗蛋會玩郵票。我望望手上的信封。大概那是一張美國新發行的什麼紀念郵票吧！我想。

我回到自己的房屋，坐在書桌前的椅子上。我望著爾靈的信，並不想立刻拆開它。小弟撕郵票的時候，一定很小心，他連郵戳也沒留下。我隱隱地笑了。

小弟對我向來沒有好感，原因是他捉弄我養的小狗而讓他的母親揍過一頓。但，他玩郵票卻使我覺得我有點喜歡他。

我開始玩郵票的時候，也是小弟這個年紀吧！十二歲，這個年紀最容易使人發狂的。我曾經為香煙紙畫、橡皮彈弓、釣魚竿、三極小馬達和礦石收音機發狂過。入迷得廢寢忘餐。

但，進中學的第一年，流行的玩意兒又變了。大家都在收集郵票；像是不玩郵票就不配做中學生，要比別人矮一截似的。於是，第二個學期，我便有一個小小的集郵簿了（自己用厚卡紙和白蠟紙做的）。我收集的郵票數目雖然很少，但，那裡面的每一張郵票，我都賦予它一份難忘的感情；我記得那張瑞士郵票是誰送給我的，那張德國郵票是用什麼交換的；同時也有些是特別值得紀念的：比方哪幾張是打彈子贏來的，哪幾張是在那些外國領事館門口的垃圾箱裡撿到的——當然，另外一部份是用節省下的零用錢到拉干街那間法國書店裡去買的。在一九二七年的越南海防，那是唯一的有舊郵票出售的地方。

為了郵票，我在家中時常受到姐妹們的奚落，父親無暇顧及這些，而母親卻認為那是騙小孩子的事情。可是我仍然繼續集郵。

從那本小郵票簿上，我第一次體味到收穫的喜悅，它逐漸變成一種使我信任，而且感受得到的力量。我為它而自傲。

在同學中，送郵票給我最多的是龔小祺。他是河內中華中學轉過來的新生，沉默而羞怯，平常難得向誰說句話。有時他站起來回答老師的問題時，聲音總是小到令全班同學發笑。在這種時候，我便會替他解圍。因為我和他坐在同一張書桌上。這也許就是他因感激我而時常送郵票給我的原因。

他和我同年，站起來要比我高半吋，但非常瘦弱。他的膚色白得出奇，因此顯得他那有教養地緊閉著的嘴唇很紅潤，眼睛大而烏黑。他的神態就像生怕有什麼不幸的事情會突然發生似的，大的聲音會使他驚嚇。上體育課時，他總是遠遠地坐在樹下面。我坐在他的身旁上課時，可以很清晰地看見他的太陽穴旁邊浮起的青色的脈管在微微地跳動。

由於我從未看見過他的郵票簿，有一天當他將一套那年發行的中美合作（美國開國一百五十週年）紀念大郵票送給我時，我禁不住好奇地問。因為那四張郵票在當時是很稀少的。

「你自己不玩郵票嗎？」

「玩，」他羞怯地點點頭。「你喜歡這套郵票嗎？」

「很貴吧？」我問。

「不知道！我的舅舅送給了我兩套，所以我送一套給你！」他誠摯地回答。樣子像是害怕我不肯收下來似的。

我了解他，所以我悶聲不響地將那四張郵票小心地夾進我的小郵票簿裡。

「你為什麼不讓我看看你的郵票簿呢？」我說。

「你真的願意看嗎？」他興奮地問：「你願意到我的家裡玩嗎——我把它們放在家裡。」

我知道跟他在一起玩是很乏味的，同時會讓別的同學取笑。但，為了情面，那天下午放學後，我終於隨他到他的家去。

他的家在幽靜的高尚住宅區，那個區域幾乎全是法國人居住的。那是一幢別墅式的花園洋房。園子大而花木茂密，屋子裡華貴的陳設使我驚異。他引領著我到他自己的房間裡去。房間裡擺著許多我從未見過的自動玩具。

「你坐下來呀！」他顯得活潑起來。我第一次聽到他用那麼大的聲音說話：「家裡沒有人，只有我和我的母親，還有一個車伕和一個老傭人——你絞動它的發條吧！在肚子下面，它會自己轉彎的！」

我放下手上的玩具，變得拘束起來。

他將他的集郵簿從櫥裡取出來了，是滿滿的三大簿。那種郵票簿一定非常名貴：棗紅色假皮封面，裡面印有每一種郵票的樣式，邊上的空格讓集郵者將收集來的郵票貼上去。在這本郵票簿裡，我看見許多我從未看見過的郵票；還有分類的花卉、昆蟲和動物郵票；三角形的、橄欖形的；整套的德國興登堡人頭，有趣味的日本風景，紙質和印刷很壞的大清龍票……

「你已經將世界上的郵票收全了！」我驚嘆地說。

「那還早得很呢，」他認真地回答：「不過，也漸漸感到困難了，我現在很不容易才找到一張自己所沒有的。」

回到家裡，我傷心得要死。我忽然對我的那本小集郵簿厭惡起來。我鄙夷地翻了翻，便隨手將它扔開。我不斷地問自己：要到什麼時候，我才有龔小祺那麼多郵票呢？我覺得那可以說是絕對不可能的！世界上沒有任何一個人有他那麼多的郵票。

從此，我開始感到忿恨和妒嫉，我漸漸發現自己痛恨起他來了。但，他並未覺察到我心理上的反應和轉變；自從那天到過他家裡之後，他對我愈加親密了。他時常向我說起他家裡的事——他那害肺病死去的父親，嫁到法國去的姐姐……他時常請我到他的家去，和他的母親一起到塗山海濱去過星期天。

他送我更多的郵票。可是我更加難堪。我覺得這是他對我的侮辱，他的郵票簿使我對集郵失去了興趣和信心，成天為了這件事而苦惱著自己。

每當我看見我的那本小集郵簿，我便痛恨得發狂。我開始詛咒他，我要報復！報復的意念像一顆東方神話裡的魔豆，它不斷地在我的心中茁長。終於有一天，我突然想起一個卑劣的主意：我將他有三本郵票簿的事告訴了其他的同學（這件事我是始終對別人保守著秘密的），同時慫恿他將它們帶到學校裡來給同學們看。

結果，那天他真的挾著那三本郵票簿來了。而那天最後的一節是體育課。我懷著一種狡黠而罪惡的心情，在球場上跑了幾圈，便偷偷地回到課室去，將他的那三本郵票簿藏了起來。然後，我再若無其事地回到操場上，繼續加入球賽。

下課的時候，我故意和他一起回到教室裡。我收拾書包的時候，發覺他愣在座位上。

「你回去吧，」他用平靜的聲音向我說：「我還要等車伕到學校裡來接我。」

難道他還沒有發現他的郵票簿已經失去了嗎？那是不可能的；我困惑了一夜，無法入睡。第二天，他比往常遲了一點才到學校裡，但他的神色依然是那麼平靜。而我卻因而不安起來了。直至午間放學的時候，他才輕輕地向我說：

「我的郵票簿不見了。」

「不見了，」我假裝關切地問：「什麼時候？」

「昨天下午。」他笑笑。

「你為什麼不告訴我呢？」

「噓——我不願意讓老師知道。」

「為什麼？」我喊道：「我覺得你應該將這件事告訴老師才對呢！難道你不希望將它們找回來嗎？」

他遲疑了一下，低聲說：「那麼，也要將那個偷去的人找出來了——不，我不願意這樣做！他大概一定很喜歡那些郵票。」

他說這些話的時候，我在他的臉上窺不出半點難過的痕跡。同時，我被自己的幸運昏惑了。因為，那三本郵票簿現在已經是屬於我的了。

但，事情卻出乎我的想像之外。我得到那些郵票之後，非但感不到快樂，反而愈加痛苦。因為我不能將它們去炫耀於人；我隱藏著它們，如同隱藏著一種不可饒恕的罪惡。以前，我會為得到一張自己所沒有的郵票而欣喜若狂，現在，我再沒有那種感覺了。當我在自己的房中偷偷地翻開它們時，我便彷彿看見龔小祺在對著我笑，那像是含有輕蔑和嘲弄的意味。

其實，龔小祺不會這樣對我，他仍然和往常一樣，只是他的咳嗽愈來愈厲害。

忽然，有一天他不再到學校裡來了。

那是煩亂的一週，我坐立不安。他是為了失去郵票簿而病倒了嗎？這是很可能的。我曾經想過要去看他，但，又不敢那樣做，我怕看見他。

那天是週末，我下課走出校門時，一個穿著灰色制服的人笑著向我走過來。我馬上便認出他就是龔小祺家裡的司機。

他告訴我小祺希望我能去看看他。我不假思索地隨即跟他走了。

到了小祺家裡，他直接引我到他的房間去。那位可憐的母親正好也在那裡。她坐在兒子的床邊。看見我進來，她笑著站起來。

「小祺病了！」她慈愛地向我說：「你可以陪陪他，我去吩咐他們替你們準備晚飯。」

她走出臥室後，我才以沉重的腳步走近小祺。他比以前更瘦更蒼白了。不知道是不是窗外的晚霞，使他的雙頰泛起一層淡淡的紅暈。他靠在大枕上，望著我微笑。

「我以為你到河內去了呢。」我說。

他要我在他的床邊坐下來。「我吐血了，媽媽可嚇壞了！」他做了一個鬼臉，像是那件可笑的事。「其實，我時常吐的，只不過我始終不敢告訴她，那天讓她看見了。」

「吐血總不是件好事情吧？」

「也可能是我的牙齒，我的牙根也時常會出血的。」

我不再問下去。只簡略的將這個星期內學校裡的情形告訴他。

「這個學期我也許不能唸下去了。」他有點傷心起來。

「你的病會很快地好起來的。」

「不會快，醫生說我最少要躺半年。我用不著瞞你，我有肺病。」

「肺病也會醫好的。」我固執地說。

「即使好了，」他低下頭。「我也不能夠和你同班了。你知道的，大家都怕和我做朋友。」

「不同班我們就不是朋友？就不能夠時常來看你了嗎？」

「時常來看我？」他猛然擡起頭，眸子裡注滿了新的喜悅。「你真的肯來看我嗎？」

我點點頭，他又笑起來了。嘴角現出細細的皺紋。他忽然興奮地說：

「我讓你看一樣東西，」他連忙從枕頭底下取出一本小冊子，遞了給我。「——我又開始集郵了！」

「集郵？」我失聲叫起來。

「你看看吧！」

我掩飾地翻開那本小冊子（一本小記事冊），裡面貼著幾十張最普通的法國和越南郵票；香港英皇郵票和中國孫總理郵票只佔著兩頁。

「過些時候我再換一個大一點的簿子。」他安詳地繼續說：「我以前也是這樣玩開頭的，我覺得這個時候最有興趣，每張都是新奇的！」

我難過得說不出話。還沒有等到吃夜飯我便用一個笨拙的理由告辭了。但，從那天開始，我每天必定到他家去看他，星期天我便陪他一整天。

每次去的時候，我都從那幾本郵票簿上取下一些郵票帶去還給他。我向他撒謊，說那是我的叔父送給我的，我將多餘的轉送給他。當我看見他那麼欣喜地將那些郵票貼到一本我替他做的，和我以前那本一樣的集郵簿內時，我也分沾到他的快樂——直至現在，我從未感受到任何一種快樂比這種贖罪更幸福。

日子就這樣過去。

春天也過去了。越南的夏天來得特別早，雖然是初夏，但燠熱而窒悶。

一天，當我正在教室裡上令人沉悶的地理課時，我突然發現小祺家的司機神色倉皇地在外面走廊上向我招手。一個不幸的預感掠過我的腦際，我來不及向肥胖的地理老師告假，便跑到課室外面去。

「少爺又吐血了，」他吶吶地說：「他想見見你。」

趕到了小祺的家，見到了小祺，我仍然在哭著。

他的臉色慘白，眼睛也失去了光澤。他的母親扶著我走近他的床前。顯然的，他頓了好一下才發現是我，他的呼吸跟著急促起來。

「你真的來了。」他的聲音低弱而瘖啞。

我又忍不住哭了。

而他卻露出一種罕有的笑容，使他在白色的床褥上像一位天使一樣。

「小祺，」我忽然激動地喊道：「我，我要告訴你一件事，你的郵票簿……」

他用眼色制止我說下去。

「我謝謝你讓我那麼快樂，」他真摯地說，聲音平靜得出奇：「我從來沒有那麼快樂過，除了媽媽，只有你那麼愛我，和我做朋友！這些郵票……」他偏過頭去望望床頭的小几。「都是你送給我的，現在我還給你！」

那天晚上，小祺便死去了。從此，我再也不敢打開那三本郵票簿，我將它們鎖在櫃子裡。在我的生命上，那是一個恥辱和友誼的印記，我永遠忘不了……

「苑先生！」有人在叫我。

我緩緩地擡起頭，發覺窗外的天色已經暗下來了。我頹坐在黑暗的房間裡。

「范先生！」

回過頭，我發覺小弟站在我的身邊。

「你什麼時候進來的？」我問道。

「剛剛進來。」他淡淡地回答。

伸手扭亮桌上的大檯燈，我回過身去對著他。

「你要找我嗎？什麼事？」我溫和地說，摸摸他的頭。

他低頭猶豫了一下，說：

「媽媽要我把這張郵票還給你——喏！」

我接過那張他從爾靈的信上撕下來的郵票。他轉身要走，但被我拉住了。

「小弟，」我說：「你在玩郵票嗎？」

「嗯。」他沉鬱地盯著我。大概他以為是我要把這張郵票討回來的。

「你收集了多少？」我又問。

「只有一兩張吧！」

「哦，你的同學也玩嗎？」

「當然囉！他們都比我多！」

我微微震顫了一下。看看手上那張普通的美國航空郵票。

「這種郵票你沒有嗎？」

「我有，不過……」

我笑了。也許他可以拿去和別人交換別的郵票，我也有過這種經驗。

「不過，」他接著說：「這個郵戳很特別，我以前從來沒有見過……」

這時候，我才仔細地看了看。郵票上，蓋著幾條波浪的條紋，而旁邊，卻有一隻長方形的戳子，內面有：「PRAY FOR PEACE」三個字。

「PRAY FOR PEACE！」我唸道。

「范先生，那是什麼意思？」小弟跟著湊過頭來問。

「哦，PRAY是……」我突然把話頓住了。我問自己，我真的要向他解釋這三個字的意義嗎？為和平祈禱！為和平呼籲！孩子們會了解？

「是什麼意思嘛？」他天真地追問。

「沒什麼意思，」我隨口說：「一句普通的廣告詞兒——你把郵票拿去吧？」

「真的給我嗎？」

「當然是真的，明天我還送幾張你沒有的給你！」

我又一次接觸到那種喜悅，從小弟那雙烏黑瑩亮的眼眸中。他急急地走了，他說他要把他的郵票簿拿來給我看。

我沉重地垂下頭，我想哭！

「PRAY FOR PEACE！……PEACE！」我重複地唸著。是的，和平！誰不渴望得到呢！我想起大陸上流血的國土，蒙著恥辱的河山；我想起那些美麗的春天，人們的笑臉，歌聲；我想起每件仇恨的記憶——還有五個人在絕望的海裡……

信封上一方小小的戳子，寥寥三個字，使我感悟於生活在這個時代裡的人類的心情。美國人對和平的期望是那麼天真，那麼殷切。這種期望使我感動，也使我痛苦；和平也是我們所需要的，但祈禱或呼籲並不能真正的獲得，為了它，我求上天再讓我跌進死亡的海裡，像以往每一次國家需要我時一樣……

那輛老爺車熟悉的聲音在園外停住了，沒讓吳嘉進來叫我，我已經跑了出去。

「嗨，睡得好嗎？」他剛跨出車門，問道。

「好極了！」我興奮地回答。

「那麼我們走吧！」

「你先送我到報社。」

「為什麼，他們都在等你吶？」

「PRAY FOR WAP！」我激動地喊道。

「什麼意思？」

「沒有什麼，」我說：「那只是一句普通的廣告詞兒！你送我到報館去，我馬上要動手寫這篇特寫——為戰爭祈禱！因為我們一定要勝的！」

「好吧，讓我先為你祈禱吧！」吳嘉一定以為我瘋了。但我知道我這一生從來沒有現在這樣清醒過，我知道我要寫些什麼？我要告訴在陸地上的人一些什麼？

當然，我並沒有忘記拆讀爾靈的信，回來時順便到集郵社去給小弟買一些郵票。

四十五年五月九日

最後的審判

從一次悠長而靜謐的昏迷中甦醒過來，他知道那個時候快要到了；因為，那種奇妙的麻痺的感覺，已經離開了他——也就是說，他的四肢已經失去感覺了。但，他的腦子卻出奇的清醒，曾經有一個短短的時間，他想起了美麗幸福的童年……如果醫生不在那個時候進來，他也許會繼續想下去：他的學校生活，戀愛，失敗的婚姻，以及——他準備借著這最後的機會，好好的回憶一下自己的一生；雖然那些往事會引起他的痛苦，但也是目前他所企求的一點慰藉了。

所以當那位臉色通紅，渾圓的鼻尖上冒著汗的醫生替他診察的時候，他幾乎是在生氣了。他覺得他不應該在這個時候來。一切都是多餘的。即使今天這個小胖子的臉色仍是那麼樂觀和自信，他也不會相信他了。因為他了解自己，他知道自己所需要的所憑藉的是什麼。

現在，醫生已經緩緩的在床邊站起來了。他那雙灰黯的，像是蒙著一層白膜似的眼睛，遲鈍的移動過來，注視著醫生的臉。他發覺對方在發出一種生澀的微笑；並不是安慰和鼓勵，而是含有告別的意味，正如他目光中所表示的一樣。醫生猶豫了一下，又低下頭來含糊的向他說了幾句什麼話。然後，匆匆的返身收拾他的皮包，和始終站在他旁邊的那個女人交視了一瞥，便向房門走過去。

那個女人送他到門口。醫生回轉身，意思是要她留步，又像是要說什麼話。但，他沒有說，他相信她已經完全明白了；因為她也沒有作詢問的表示。她的神色是那麼冷漠，近乎殘酷的冷漠，彷彿正刻意隱藏著內心的某一種神秘的激動似的。於是，醫生輕輕的嘆了一口氣，習慣地摸摸鼻尖，悄悄的走掉了。

等到醫生下了樓，她才掩上房門，回身望著床上的病人——她的丈夫。她本來打算到樓下去舒一口氣的，房裡的空氣太窒悶了，她怕聞這種藥品混合著酒精的氣味；但出於——就說是道德感，或者是憐憫心吧，她覺得自己應該留在他身邊；她已經陪伴了他二十多年了，用不著再吝嗇這一段短短的時間。

是的，短短的時間。現在他的呼吸是那麼低弱，那癯瘦的臉上反常的泛出淡淡的紅暈，同時在不斷的微微地抽搐著。誰知道呢？也許一小時，也許兩小時；但她確信他是過不了今天的。

正如他所經歷的一生，這一天也將要完了。瑰麗的晚霞從厚窗帷的縫隙中穿進來，染在牆角上，使房內增添了一層說不出的愁慘的意味。

她向他走過去，靜靜的在床邊的椅子上坐下來。不過，她的眼睛並沒有注意病人，她入神的凝望著染在牆角的光輝；它慢慢的向上爬，向上爬；然後，慢慢的黯淡，隱滅。

因為他的頭頸已經不能移動，所以他不能看見她的臉。他掙扎著，蠕動著嘴角那將要變硬的肌肉，最後，他發出了一種低弱、沙澀而懇求的聲音：

「我，我求你……」

她望著他的臉。

「求求你，這是……我，我最後的一個請求了！」他微微的閉起眼睛，無聲的喘息著，然後繼續說：「求你讓他們來見見我吧，見這最後的一面吧？」

她的嘴唇微微的顫動了一下，沒有回答。

他期待著。而且很明顯的，他極力要想偏過頭去看她，他那死魚似的黃色的眸子已經垂到眼角上了。

片刻，他的眼睛又閉了起來。

「是的，」他的聲音像嘆息，但仍充滿了熱望：「這樣，我會傷害了你；但是，請你像以前一樣，容忍這最後的一次傷害吧——難道，你，你忍心看著我，帶著痛苦和遺憾離去嗎？」

依然沒有回答。她彷彿根本沒有聽見他的聲音，又像是故意裝作充耳不聞似的。她靜靜的坐著，整個的沉浸在自己那個罪惡的思想裡；她不斷的告訴自己：她馬上就自由了——她又望了望病人的臉，她幾乎不敢相信她會和這個人在一起生活了二十多年，那簡直是一件不可能的事，她忽然忘了自己為什麼會嫁給他？她注視著他那微弱地在跳動的太陽穴，漸漸將那個久遠的日子拉了回來。哦對了，只是為了報復！報復他（另外的一個他）的一句毫無意義的可笑的氣憤話，於是她在一個短得駭人的時間內嫁給了這個人。

現在她完全記起那個印象了！當婚禮在進行，當他低著頭將一隻冰冷的婚戒套上她的手指，她看見他的太陽穴在急激地跳動，她忽然憎厭起他來。後來，她便懷著這憎厭的心情和他生活在一起。「我不會後悔」，這就是她對這個婚姻所提的保證，但，幾乎每個人都知道，那並不是為了愛，而是為了報復！

可是，有一件事她認為從來沒有人知道：婚後的第三年，她竟然又遇見了那個她所報復的人。於是，真正的報復開始了，完全是合理而正當的理由：家庭；地位；那句該死的，每個人都聽到的誓言；社會上的輿論就是這一切。他們不得不再三考慮，作了一個明智的決定：她變成了他的情婦。

這二十年來，從來沒有人發現過這個秘密。

「我終於自由了！」她望著這個可憐的垂死的病人。「真可憐，他始終對婚姻引以為榮呢，假如……」

她忽然覺得，她應該打一個電話給另外那個人，他們已經有好幾天沒見過面了。

病人的喉管發出一種混濁的響聲，她震顫了一下。

他在發怒了。多殘酷呀！他想：即便是拒絕了我的要求，至少她應該說一句話，甚至……

「難道，」他困難地嚷道：「你不覺得，我們這件事情應該解決一下嗎？」

果然，這句話似乎生了效。停了停，她終於遲疑地站起來，然後以一種無聲的步子走出臥室。

這垂死的病人整個鬆弛了下來。

他的嘴仍在喃喃著什麼，但隨即深陷於焦渴的等待中。

他要在死之前，會見一個他熱愛著的女人，和一個他所憎恨的男人。

靜，有如夢的墓穴。他計算著自己的心跳，想像著當他們得到這個消息時的驚訝，和可能到來的時間。他想：當他們來了，我應該說些什麼話呢？這是一件非常困難的事，說出來會使每個人都感到難堪的。

「啊！」他驀然緊張起來。「她不會讓他們來的！」他在心裡絕望地低喊道：「絕對不會的——她為什麼要讓他們來，污辱她自己呢？」

但他馬上又推翻了這種猜想，因為他已經聽見腳步聲了。

那聲音由遠而近，如同從多少年代之前走向現在，從一個不可知之處向他的心靈走來；它不斷的增加它的聲響和體積，變成一種壓迫他的有重量的東西了。它們走得那麼均勻而有力，沒有絲毫遲疑——突然，他透過一口氣，發現那聲音並不是他們的腳步，而是從櫥櫃上那隻精巧的古銅座鐘裡發出來的響聲。這種呆板而單調的聲音中包含著另一種意義，他驟然感到昏亂起來；那些想望，不連貫的記憶，無休止的期待……

霎時間，他的心中充塞著一種驟然而至的熱情。他覺得他不能馬上死去，至少在他們到來之前他不能這樣無聲無息地死去。帶著那點驚慌和激動，他的眼睛開始從那已失去光澤的銅床頂架，落在緊閉的房門上。

「她一定會答應我這個請求的，」他勸慰著自己：「也許他們正在路上，或者已經在樓下了！」

室內的光線愈來愈暗了，但他非常清晰的看見室內的一切。最後，他所注視著的房門，終於被推開了。他看見他那面容憔悴而冷漠的妻子走進來了。

他屏息著呼吸，努力注視著她的身後。……果然，他可以看見那兩個人了！

他的眼睛直直的凝視著他們：他看見他們已經並立在床前，面對著他。那個男人的神情異常嚴肅，臉上毫無表情；他記得當自己第一次發現妻子的那個秘密，第一次守候在那家公寓門口，看見他時，他的神情和現在沒有半點改變，雖然已經相隔二十年了。至於那個女人，相反的卻在微笑著——那種笑是他所熟悉的，動人的；雖然在這種朦朧的光暈中，他能十分明晰的看見她嘴角的笑痕，以及眼眸中孕育著的那份喜悅。

現在，他無心去猜想她喜悅的原因，他反而為她的喜悅而暗自慶幸。因為——

「在這個時候假如看不見她的笑臉，那實在太掃興了，尤其是在這種尷尬的場面！」他忽然記起自己以前害怕碰到這種場面。只有一次吧！但，那一次她竟然應付得那麼自然妥貼；她就是一個對什麼事都能應付得自然妥貼的那種女人，她有一切他的妻子所缺乏的，而又缺乏他的妻子令他憎厭的。就這樣，他們相遇了，相愛了。如果說他不愛他的妻子，那是不公平的；他曾經愛過。可是，有一種女人在婚後會貪婪的向丈夫索取比戀愛時更熱烈的愛情，而另一種卻在婚後漠視愛情。

不幸他的妻子正是後面那一類女人。因此，這個最通俗的悲劇發生了——他遇見了她，現在站在床前對他笑的那個女人。

他望著她，當他感覺到可憐的妻子已在床邊的椅子上坐下來，他忍不住用一種激動而低緩的聲音說：

「你對我實在太寬容了，太太，」他的眼睛並沒有離開那個在笑的女人。「你使我在離去之前，感到毫無遺憾。我知道，你應允了我這個使你難堪的請求，讓他們來，走進這個家，這就表明你已經寬恕我了！」

他的妻子惶惑地抬起頭，望著他的臉。垂死者繼續喃喃地說：

「當然，這也是我對你的寬恕——你不覺得我們需要互相寬恕嗎？」像是等候妻子的回答，他停下來。忽然，他有點不安地重新嚅動他那開始感到麻痺的嘴唇，急切地說：

「我的時候快要到了，讓我們說出心裡要說的話吧！」

他的老妻靜靜的，又回復了原來的意態。

「你說吧！」她簡短地說。

「是的，我要說的，」他說，聲音變得溫柔而安靜：「現在，我們用不著掩飾了！二十年來，我們痛苦受夠了！我矇騙著你，將所有的愛給了她——全給了她。我和她生活得很幸福，因為我們都知道我們所需要的是什麼？所以，當我從她那兒回到你身邊時，我覺得我的每一下呼吸都是不愉快的，令人痛惡……

「但，你卻毫無怨尤的忍受下來。你不反抗，也不表示不滿，沒有顯示過半點厭惡和憤怒。最初，我覺得你是罪有應得，因為這不幸的事是因你而起的——你的疏忽、冷淡等等。我覺得你應該對這件事情負責。可是，等到有一天，」他頓了頓，然後以感傷而疲乏的聲調說下去：「我，我發現了你的秘密！」

他的妻子急急地掩住自己的嘴，她的手在微微顫慄著。

「於是，一切都改觀了。我開始學習你的那種漠然和冷淡，正如你從我這兒所學會的：你知道怎樣損害我的自尊，詛咒我的命運！」他開始呻吟起來，然後又掙扎地喊道：「——報復！對幸福和命運的報復！我們從來沒有憐惜過對方，同情過對方，饒恕過對方……

「現在，我們責備誰呢？我真後悔，假使我能夠再活一次，我一定知道幸福藏在哪裡！我們，甚至說世上所有的人吧，都過份相信自己的眼睛和耳朵，他們都不知道幸福是看不見的，只能夠用心去接近它！

「所以，我要你將她和這位先生請來，揭露我們的醜惡，請求饒恕。不是嗎？我們都是罪人，謀殺幸福的罪犯，這是用不著審判便可以確定的。我們都知道，我們並不是真正的快樂；這二十年來的痛苦，就是我們應得的刑罰——由於我們的自私和愚昧……」

現在，他看見——那麼清晰的看見，站在床前的那個女人悲痛地哭泣起來了；而那個男人，也顯得有點慌亂；他搓著手，像是有所解釋。於是，他接著用他那低弱的聲音說：

「不要哭！你哭，是為了自己？我？或者我們啊！這些都是不必要的，我們——我們四個人，都獲得饒恕了，我們都經過最公正最合理的痛苦的審判，我們都自由了。……」

再經過片刻不安的搐動，他那含糊的囈語停止在他那沒有血色的，乾枯而鬆弛的嘴唇上了。

直至她證實他已經死去了，她驀然有點悲傷起來，因為她不知應該怎麼去迎接——對了，迎接，那在罪惡的心中期待已久的：自由！幸福和快樂！

她急急的站起來，凝視著死者那慘白的面容，半晌，她才想起來，她應該再打一個電話給他。他也許已經開完會了，已經回來了。

於是她帶著一種微微有點疏亂的步子，走出那間空虛的，已經失去了生命的房間。

四十五年八月二十一日

名片

我是一個無論對人對事都馬馬虎虎，粗心大意的人，但，我並不糊塗，甚至還可以說相當精明；只是我的性格上稍為帶有點兒被別人原諒的文人藝術家借錢不還和不洗澡之類的氣質而已。是的，我對什麼都不大在乎，所以我的失敗和貧困是命定的。但我也不在乎，我可以說從來沒有為任何事情煩惱過。國家大事，輪不到我來操心；世界局勢，反正戰爭之後定會和平，和平之後勢必戰爭，著急也沒用。至於傷風感冒，多擤幾次鼻涕而已，後腦上那一撮老是作衝冠狀的頭髮，梳平了反而使我抓腦袋時彷彿抓到了別人的頭上去了似的。總而言之，我對於一切遭際都心安理得，而且還自得其樂。假如說，除此之外，我還有什麼值得挑剔的缺點的話，那麼我想就是我的健忘了。真的，從朋友的反應上推測，我的健忘大概已經到了使別人不堪忍受的程度了。

不過，我都不在乎！

其實，健忘並不是什麼大罪惡。比方別人剛剛向我介紹一個朋友，我轉瞬間便把這個人的姓名忘掉，那又有什麼值得大驚小怪的呢？我忘掉他的姓名，以後假如我需要知道的話，我可以直接詢問介紹人。或者把一本記事冊遞給他本人，請他留個地址，事情便結束了。說到上廁所忘了帶草紙、報紙、香煙盒，小手帕，甚至用小額鈔票，就地取材，一樣可以解決問題。所以，當我談話時突然忘了上話，我便毫不猶豫的換個那時所想到的第一個話題；上館子忘記帶錢，手錶身份證，暫時抵押一下，就憑我這副長相，賬房也不會懷疑我是存心白吃的；凡是要用單據存取的事情，我盡量避免；萬一弄錯了什麼，兩聲「失禮」便打發過去；為了房門的鑰匙，我就採用「只防君子不防小人」的方法，那把鎖儘管有四兩重，相當嚇人，但卻是象徵主義的產物，一推便開，一拉便關，方便之至。

因此，不論親戚朋友，或者是職業的、業餘的看相家，都說我這個人有福氣——一生都有貴人扶持。那些口氣，像是對我很有點羨慕不置的樣子。當然，我也不會在乎什麼福氣和霉氣，反正我就是我，我就是這樣。直至上月底，我才遭遇到一件非要我想一下不可的事情——因為我被公司開除了。

我會被開除，實在是難以想像的，甚至平常最痛恨我的同事們都同樣感到困惑。總之，從三十八年到臺灣開始，我便進入這家公司裡工作；公司從半層樓的寫字間，變成五層大樓，我也從臨時雇員而變成事務員，跑腿當差，什麼都幹，這十多年來，功勞苦勞，當然都兼而有之。而且在我被開除的上一個星期，我還升了一級，正正式式的分配到一張辦公桌子。

其實，有沒有自己的辦公桌子，我也不在乎，因為辦公室裡還有會客用的小沙發，坐沙發總比坐只加一隻木棉墊子的硬木椅舒服一點。但，話說回來，有辦公桌總比沒有辦公桌好看一點，我也覺得，連工友老周都有一張兩隻抽屜的桌，我有一張四隻抽屜的辦公桌，也應該是一件合理的事。

但，我究竟是在有自己的辦公桌的一個星期之後才被開除了的，同時，我隨即便受到生活環境的威脅，儘管我再不在乎，也不得不思慮一下。

我早說過，我對什麼都不在乎，所以我對於人事室考績計分之類的事很不熱心，不過，我仍然儘可能的按時上班，儘可能的等到下班鈴響之後再走。

但當我有自己的辦公桌之後，我發覺自己有一點變了。我是正月出生的，算起來已經足足三十五歲。其實，三十五歲和多少歲數我都一樣，只是那天我坐在辦公桌前面，望著桌面上的那塊玻璃板——望著綠羢底的玻璃上反映出來的自己，我覺得很好笑。大概我的樣子使我發笑。我相信每個人都對他自己的樣子覺得很好笑的。於是我在心裡說：

「嗨，小子！你已經三十六歲了，而且也有一張寫字桌了，你還像以前一樣的吊兒郎當，像話嗎？再說……」

究竟後來我在心裡繼續說些什麼，我已經記不清楚了，反正就是自我勉勵的那一套。記得以前（很久很久以前了）我也想寫過日記，似乎每年都一樣，年底買了一本，大年初一在日記上把自己大罵一頓，然後，第二天便忘了。但，這一次我是下了決心的。

像我這種人，會下什麼決心，似乎是不大可能的事，不過我卻真的做了。一開始，我像其他的同事們一樣，在玻璃板下面壓上兩張照片——一張是從畢業證書上撕下來的，頭上那頂方帽子雖然有點小，但是我喜歡我那個時候的神氣，像是什麼都不在乎；另外一張，是中華路舊書攤旁買的翻版外國明星照，我叫不出名字；另外，還有幾張外國郵票，和幾張不知道是什麼人給我的名片。哦，對了，我還要去印一盒名片。

同時，我總算聽從了工友老周的敦勸，把頭上的頭髮用藥水燒了一下，還特意到洗澡堂，來一個洗「身」革面，順便把身上那套灰花呢舊西裝來個快洗。

第二天上班的時候，同事們大為驚呀，不到半個鐘頭功夫，便有人偷偷的在傳，說是我中了愛國獎券。我當然不在乎，因為有錢也並不是什麼壞事。

這樣一連好幾天，我天天早到晚退，連小便的次數都盡量減少，不離開辦公桌半步。沒有公辦的時候，就翻舊報紙來練毛筆字，簡直就像真的一樣。至於辦公桌的四個抽屜，我也刻意的分配了一下：大抽屜放公文什物；右邊上面第一個小抽屜，放芝麻餅花生米之類的食物，拿起來比較方便；第二個放舊報紙，沒有公事的時候，我便像真的一樣，在舊報紙上練毛筆字；第三個我放雨鞋和臭襪子………

現在我才知道，我的改變是因為那張辦公桌的緣故，要不然，我也許不會被開革的。總之，那天合該有事，下午下班我走得特別遲，當偌大的大辦公室只剩下我一個人的時候，進來了一個大胖子。他那副目中無人的樣子一開始就使我反感——或者我的反感並不完全是為了他的樣子，我對他有點面善，好像是在哪兒見過的，既然是見過的，他應該向我招呼一下，至少，也應該向我望一眼，但，他卻昂視闊步地向總經理室直闖。

於是，我忍不住了，我奇怪那時自己為什麼會那樣。總之，我連忙過去伸手攔住他，問他要找什麼人。

他並沒有回答我的話，足足打量了我兩分鐘，我記得他很注意我的頭髮。顯然，他沒有想到我這個什麼都不在乎的人會攔阻他的。我摸摸那刮得光光的下巴，認真地說：

「你要曉得，這兒是辦公重地！就是要找人，也先要通名報姓吧！」

胖子的臉由紅而變青。就在這剎那間，我幾乎記起在什麼地方見過他了。而他卻用那種混濁的聲音吼起來了。

「你……你——你是誰？」他的嘴巴滑稽地顫抖著，像那種大嘴巴的熱帶魚。

「你問我？」我笑起來了，同時大模大樣把自己的名字告訴他，然後，我補充道：「我在這家公司十多年了，嗨，這張就是我坐的桌子。」

胖子並沒有看我的桌子。

「好！好！」他點點頭，氣咻咻地唸著。然後一轉身，跨著大步走了。

好！當然好，不好又怎麼樣呢？我不在乎！雖然我有十多年沒打過架，但對付這樣一個胖子，是綽綽有餘的。

第二天上班的時候，我把這件事當笑話說給同事們聽，但是他們不笑。最後，我才發現平放在辦公桌上的條子：

總經理親筆下的——他的字我閉起眼睛也認出來，每隻都有乒乓球那麼大。我讀了兩遍，才相信自己被開除了，理由是我侮辱了董事長。

假如我生平曾經後悔過什麼的話，那麼這次是第一次！我後悔自己平常為什麼不對每個月到公司來一兩次的董事長的長相記得清楚一點？昨天為什麼不像以前一樣，要去管這種與自己毫無干係的閒事？

自從我捲了舖蓋，接受了這次教訓，我倒真的有點痛定思痛起來了。經過兩天的思前想後，把別人批評我的話加以分析印證，我終於去找一位據說對心理學頗有造詣的朋友，希望從他那裡獲得一點頭緒。

聽明白了我的來意，這位朋友笑起來。

「別窮緊張，失業算得了什麼！」他說。

「失業我不在乎！」我認真地回答。

「那就好啦——當然，我了解你的心理。」

憑良心說，他永遠不會了解。因為我知道自己並沒有為那失去了的飯碗和辦公桌難過，我只是害怕！害怕自己的健忘。我忽然想假使有一天，我突然失去了記憶力——我記得我看過這樣一部外國影片：一個人戰後歸來，他連自己的太太都忘記了……。

「不可能發生這種事的，」朋友對我勸慰道：「所謂健忘症，只是你開始的時候就沒有存心記而已。」他望我，忽然說：「我告訴你一個方法，由你自己證明自己是不是健忘症。」

那倒是一個非常簡單的方法，他要我從現在開始，用心去記著每一個人，每一件事，一個星期之後再來看他。當我告辭的時候，他遞給我一張名片，要我隨時打電話給他。

他的名片印有三個頭銜，名字下面還有別號，左下角並排印有三個有電話的地址。我想起前兩天自己曾經要想印一盒名片，於是先到一個招考雇員的機關報了名，再到中華路去。

我先到幾家小刻印店的門前轉一圈，然後走進其中比較大的一家。

「我要印名片。」不等那個瘦長的傢伙開口，我先說。

那個人笑著把一本厚厚的樣本遞給我。我隨手翻開樣本，那上面貼著各種型式的名片，有些只簡簡單單的印著名字，有些卻印著一大排頭銜，名字反而被擠到角落上去，至於達官顯要，董事經理，更是應有盡有，一應俱全。

因為這是我有生以來所印的第一盒名片，而且這盒名片可能對於我的粗心大意和健忘症有所幫助的（至少它會強迫我記著一些人），所以我選擇了很久，決定印不大不小的那一種。

「這種最大方了，」那個人說：「而且這種紙質最好，布紋卡紙，是來路貨。」然後，他遞一本拍紙簿給我，簿子用細繩串著一支鉛筆。我先寫下名字，也像我的朋友一樣，在名字下面寫一個剛才想起的別號；至於右角的頭銜，卻使我很為難，假如不被開除的話，我便會寫上「××企業公司業務部專員」這幾個字。「專員」是外勤人員適用的。

我猶豫了一下，便開始寫上「復旦大學文學士」。

「哦，復旦在臺灣的同學不少啊。」那個人說。

我望了他一眼，然後在旁邊寫上「新世紀週刊社編輯」。那是十年前的事，擔任過半個月的義務校對，還得到過一份聘書，那份週刊雖然只出三期便停刊了，但是這個職務倒是不假的。寫好這幾個字，我抬起頭，那個人並不說話，只對我笑笑。但當我放下鉛筆時，他說：

「您不印地址嗎？」

我想了想，便把租住的公寓地址寫上去。

「什麼時候可以拿？」我問道。

「你不等著用吧？」

為了怕自己忘掉，我表示是等著用的。

「那麼後天這個時候您來拿好了，」他說。於是，把我寫的一張紙撕下來，過去交給一個正在字架前工作的工人。

付了錢，我走出來，特意的望了三次這家印章店的大紅字招牌，然後向西門町走去。

那天的天氣很好，當我經過一家戲院的門前時，我忽然改變了主意，參加進排隊買票的行列裡。而正巧那一部非常賣座的片子，隊伍雖然排到這大街的轉角，但是距離開映的時間還有大半個鐘頭。我忘了自己究竟排了多久，就在我開始感到有點不耐的時候，忽然發現有一個人對我微笑招呼，就在這一瞬間，我突然發現這個人是我熟識的——幾乎是熟識到天天見面的程度，可是，我竟然想不起他是誰了。

我震顫了一下，他已經向我走過來了。

「看電影啊！」他熱絡地向我伸出手。

我漫應著，為了要想馬上想起他是誰，我一邊也顯出一副親親熱熱的樣子。原來他也是偷空看一場電影的，於是我表示由我請客——因為在我的印象中，他是一個那麼熟識的人。

他和我爭持了一陣，終於把錢收回來。由他那自然而親切的表情上看，我更相信他一定是和我極為相知的朋友。於是，我開始有計劃地從天氣談起，一邊在腦子裡搜索著，我先從最親近的人中找起——我們又談到電影……有了，這傢伙咬文嚼字，對文學似乎有點修養，於是我馬上找一些與文學有關的事和他談……

隊伍一步一步的向前移動，我的問題，總是快要接近的時候又滑走了；我試探過（當然是有限度和有技巧的）向他打聽他的生活環境，認識的人，愛好，對某一件事的見解等等，但是始終毫無所獲，而我卻愈陷愈深，愈感到他非但是我的朋友，甚至可能是最好最好的朋友……

當我們快接近賣票小窗時，票賣完了。我鬆下一口氣，因為我已經在擔心，萬一被他發現我竟然把他是誰都忘記的時候，那一定是很狼狽的。

「這樣吧，老范，」他用手圍著我的肩膀。「咱們去找個什麼地方坐坐——你沒有什麼事吧？」

當他喊出我的姓時，我的心驟然緊緊的收縮起來。我連忙向他表示我忽然想起一件什麼非常重要的事，他顯得有點失望，但是終於反向我伸出手。

「那麼明天見！」

啊天！明天見！他究竟和我親近到什麼程度呢！

回到家裡，我翻箱倒篋地把自己所有的東西都翻動過了，我檢查過同學錄，所有的信件，列下一個年份一個年份所認識的所能記憶的朋友，甚至在業務上曾經和我發生過任何關係的人，我奇怪自己竟然還能記得那麼多人——但是只缺少他！

總之，那一晚上在我是生平最混亂的一夜，我只要一閉起眼睛，便看見他——他的笑容，非常非常深刻的笑容。天亮了，我完全絕望了。我正色地告訴自己，今天我一定要到處去找他，我一定要直接問他究竟是誰？

於是我蒙頭大睡，直至有人拍我的房門。

「進來！」我疲乏地喊，我想，一定是二房東。

但，門推開了，站在門口的，竟然就是那個傢伙。我像是著了魔似的，渾身沁著冷汗——他非但認識我，而且還知道我的住址……

「你………」我吶吶地舉起手。

他笑笑，還是那種可恨的笑容。

「很冒昧吧！」他說：「因為你要等著用，我叫工人替你趕出來了——喏，你看看！」

他遞給我一盒名片！

四十六年二月四日

假牙

大凡過了三十五歲，而還沒有結婚的男人，多多少少總有點怪。因此，莫之安先生的「怪」便值得原諒——而且值得同情了，因為他已經滿了四十歲。

他出生於一個良好的家庭，受過高等教育，在社會上混了十多年，可是，現在他只是這個縣級機關的委任若干級的文書員而已。雖然他的低就與他的怪有關，但我要加以聲明，他對此並無遺憾，甚至連一點點懷才不遇的感覺都沒有；他是樂天而知足的，只有一樣——正如人類有歷史以來，每一個追求真理的聖哲一樣，他痛恨虛假，服膺「真實」（根據他的觀點，真實和真理是有所區別的。如他所說：真實就是真實，而真理有時卻非常抽象）。

也許是由於他對「真實」的追求太認真，所以在機關裡，他非常孤獨；因為即使是一個最有天才的雄辯家，要想和他談論一件最普通（普通到使你想不出是什麼）的問題，也會感到難以應付；他那種打爛砂鍋問到底的精神往往要使對方發火——而且發火也沒有用，他寧可陪你打架，也要把那個問題弄明白。這種事情發生過幾次之後，同事們只好明哲保身，對他敬而遠之了。

可是他所追求的真，並不包括「善」和「美」，原因倒並不是三字訣被大家用濫了；他認為這三個字是應該分開的，比方說：一個真正的蕩婦，是不會善的，也不一定是美的（蕩婦也有醜的）！這就是他的邏輯，他能夠隨口說出種種理由，使人啼笑皆非！

「真實」，可以說就是他所信仰的宗教。自從十年前那個他單戀了七年的「愛人」驟然捨棄他之後，他開始痛恨一切虛假的事物，久而久之，這種意識愈來愈強烈，終於不自覺的在他的心中形成了這種他所不信任的、抽象的、不可捉摸的力量。

現在，儘管美都麗戲院對面那位固定替他理髮的九號理髮小姐如何敦勸，他始終不肯將兩鬢的白髮染黑，因為這樣便違背真實，他不喜歡紙花，不戴近視眼鏡，洗內衣褲的時候不用非肥皂，不吃奶粉，不穿人造絲綿之類的衣物；同時，看電影他不買黃牛票，和半票，不寫草書和減筆字，不戴手錶（因為永遠沒有準確的），不漿襯衣的衣領，而且憎厭一切褪色變樣的東西；假如下棋，他非要把對方吃光不可，不然就讓對方吃光，碰到和局，他便認真而耐心地移動著棋子，直至你甘願依照他的方式認輸……

當然，他最痛恨的，莫過於女人燙髮、畫眉毛、塗脂抹粉戴義乳了。這可以說是他最不能忍受的！

由於最後這個原因，他的命運注定是一個婚姻的失敗者。最初，曾經有些熱心的親友替他介紹過對象，但永遠沒有一個不違反他這種絕對真實的原則，結果事情非但沒有成功，反而弄得不歡而散。因為他是講究真實的，喜歡就是喜歡，討厭就是討厭，於是後來誰也不願意惹這種麻煩。

但，假如說那許多候選人裡，他從沒有對任何一個動過心，那是不真實的。至少曾經有一個合格了一半——外表。

莫之安先生說過，真善美是分開的，所以他所要求的外表，並不要美。

的確，那個叫做吳小姐的女人並不美；她至少也有三十二三歲了，腰粗粗的，身材相當高大。在莫之安先生看來，她的美點就是真實！她臉上的皮膚很粗糙，厚厚的嘴唇，小小的眼睛，直直的頭髮，看不出絲毫人工修飾的痕跡；至於身上的打扮，更是真切不過，只罩著一件碎花土布裙服，沒有穿內衣，因為出汗，衣服緊緊的貼在背上，當她走動起來，便可以很清楚的看見她身上的每一塊肌肉在科動。

到花蓮的第一天，他便被吳小姐這副真實的體態吸引住了。那次他是接受一位遠房表親的邀請，到花蓮作客，吳小姐就是這位表親的堂房姨妹，寄住在他家。

接風的午飯是一起吃的，連同主人家的兩個孩子，一共六個人。吳小姐臉上毫無表情，先幫忙女主人開飯，然後草草的扒了三碗飯，便放下碗筷走掉了。

飯後，男主人和莫之安先生回到客廳，剛坐下來，他便開門見山地說：

「之安，我們不是外人，而且我也知道你的脾氣——你覺得怎麼樣？」

「你指什麼？」莫之安先生微微有點困惑。

「這就是我請你到花蓮來的目的！我這位姨妹……」

「那好極了！」莫之安先生連忙按住對方的話，「我正要問你呢！」

「夠你的標準嗎？」

「外表是及格了！」

這位巴不得早一天減輕負擔的表親放了一半的心。

「啊——」他故意把音調拖長，說：「你還不知道！她的外表雖然不怎麼好，可是內心呀，那真是太美了！」

「可是，我看她的樣子……」

「她就是這樣！」這句評語剛出口，這位有點激動的媒人馬上便發現自己說錯了話，當他正想說明，那是女人的毛病，莫之安先生卻興奮地笑起來了，因為這正是他所喜歡的地方。

「那好極了！」他喊道：「我生平最討厭的，就是那些裝模作樣的女人！心裡明明不高興，卻裝笑來敷衍你！還是她這樣好！真實！痛快！是怎麼樣就怎麼樣！」說著，他把頭湊近那位媒人。

「其實也難怪，第一天見面……」

「呃，是…是的，」媒人訥訥地說：「你們只要接近接近，我想，嘿……」

可是，莫之安先生並沒有和吳小姐接近，第二天他便回到臺北來了。不過，他開始和吳小姐通信，互道心曲。三個月後，他正式邀請吳小姐到臺北來，當面商討婚姻的事。於是，在約定的日子和時間，莫之安先生親自到車站去迎接這位合乎一切真實條件的愛人。

那天，吳小姐換了一套比較體面的衣服，但是並不怎麼合身，除此之外，看來和三個月前並沒有什麼變化。見了面，莫之安先生當然是有點心花怒放，他緊緊的拉著她的手，問長問短，而她只是望著他笑，最後，當他叫妥三輪車時，她有點忍不住地靠近他，輕輕地問道：

「你沒有發覺我有什麼不同嗎？」

「沒有呀！」他快活地說。

「你再仔細的看——不，看我的臉！」她得意地眨眨眼睛。

幾秒鐘之後，莫之安先生的臉驟然被扭曲了，他可怕地睜大著眼睛，嘴唇不住地顫抖著，突然，一切都凝固起來了，他絕望而痛苦地迸出一句話：

「噢！天！單眼皮有什麼不好呢！」

那還用說，他當面把吳小姐申斥一頓，然後把她趕回花蓮去。在給那位失望的表親的解釋信中，他說：眼睛是靈魂的窗子，她竟然把它動手術，一個連靈魂都不愛惜的女人，「餘無足述矣」！

這一次事情的功敗垂成，莫之安傷心了好久，因為在今天這個社會裡，像這樣「真實」的女人實在是太少了。直至不久之前，命運才讓他碰上第二個具備有這些條件的女人。

事情的經過是這樣：機關裡招考兩位打字小姐，但兩位被錄取的小姐中有一位竟然過了三天還沒來報到，於是那位備取的便這樣僥倖的得到了這個職位。她就是這樣被莫之安先生發現的。

她姓周，揚州人，但是最討厭別人和她說上海話。單單這一點，就值得莫之安先生對她刮目相看了，而且，她比吳小姐年青，比吳小姐長得漂亮；她的身材瘦瘦長長的，腦後拖著一條長長的黑辮子，上班的時候，總是穿著一件有點發白的陰丹士林布旗袍，平常難得聽見她說一句話，臉上像是永遠蒙著一層厚霜。

一個星期之後，單身的男同事碰過她幾次釘子，便對她失去了興趣，可是莫之安先生的興趣卻愈來愈濃；他冷眼旁觀，開始相信這就是他理想中所要尋求的那種女人。

於是，有一天下班之後，他終於決定去找她說話。

「周小姐，」他直接了當地說，「我叫做莫之安。」

「我知道！」這位周小姐向周圍打量一下，發覺辦公室裡只剩下他們兩個人，並不是害怕，只是有點厭煩，她冷冷地問：

「莫先生有什麼事？」

「我發現我們有許多相同的地方！」他認真地說。

「是嗎！」她頓了頓。「至少我們的性別不相同吧！」

「所以我想認識妳！」

「你不是已經認識了嗎！」說著，她把便當盒子塞進一隻小網袋裡，然後非常生硬地向他說了聲再見，便扭轉身走掉了。

莫之安先生對周小姐這種爽爽快快的作風欣賞透了，當天晚上，他就在宿舍裡忙了一夜，第二天上班的時候，他提著一隻沉重的小箱子到辦公室裡來。

這一天，他發覺周小姐連瞟都沒有瞟過他一眼，她只是低著頭，打字的速度似乎比往常更快。

好不容易才挨到下午下班，正好最後也是剩下他們兩個人。於是莫之安先生便大模大樣的走近她。

「周小姐，」他說：「昨天你曾經說，我們已經認識了！」

「不錯，這話我是說過的。」她冷冷地回答。

「而且，我也說過，我們有許多相同的地方！」

「嗯，我聽見你是這樣說的——又怎麼呢？」

「所以，我想告訴妳一些真實的事情！」

「是關於我的？」周小姐微微有點慌張。

「不！是關於我的。」莫之安先生連忙把話接下去。

她鬆下一口氣，隨即伸手去拿自己的東西，但，他已經伸手把她按坐在椅子上了。

「妳別急，」他說：「我把所有的東西都帶來了！」

「你要幹什麼呀！」她嚷著。

可是莫之安先生並沒有理會周小姐的抗議，他隨手把他的那隻小箱子擱在辦公桌上，然後打開它。

「我要讓妳知道，我的每一件事情！最真實的，沒有虛假——喏，這就是我的國民身份證，上面有姓名年齡籍貫、出生年月日、父母姓名，配偶欄是空的，我還沒有結過婚！」

但是周小姐無心去看他的身份證，由於他堵著路口，使她無從脫身，所以她有點生氣。

「為什麼一定要我曉得你這些事情呢？」她悻悻地說。

「真實的友誼，當然要從真實的了解開始，」他說：「喏，這張是我五歲時的照片，那年我害過一場大病！這幾張是畢業證書——這是奬狀，這一捆是我這十八年來的日記……」

周小姐很快的便看出來，不聽莫之安先生把話說完是不可能的，明白了這一點，她吁了一口氣，只好隨手翻翻，解解悶。

「這一包，」他繼續說，一邊從箱子裡把東西掏出來。「全部是書信，家信、朋友寄來的信、情書——這妳可以細細的看，呃，這些是退回來的……」

她耐心地聽著，直至他把箱子裡的東西都搬出來了，她才用一種挑釁意味的聲調問道：

「沒有了吧？」

莫之安先生認真地點點頭。

「嗯，都在這兒了！」

「那麼我可以走了！」她跟著便站起來。

「妳不打算把這些東西帶走嗎？」

「帶走這些？」她詫異地反問，眼睛定定的望著莫之安先生。

但，莫之安先生並沒有聽到這句話，他像是突然發現了些什麼似的，連忙摸摸胸口，把一隻牛皮紙套從內衣袋裡掏出來。

「噢，我差點把它忘了！」他笑著說。

當她看見他小心翼翼地將幾隻信封從紙套裡取出來時，她實在忍不住了。

「這又是什麼！」她大聲說。

「人壽保險證書！」他平靜地回答。

「那麼這一份就是你的遺囑了！」她完全失去克制自己的能力了。

可是，莫之安先生卻對著她微笑。

「妳拿出來看看吧！這是最重要的一部份！」

是的，這是最重要的一部份。信封裡，是一本銀行的存摺，數目是新臺幣十八萬五千零四元——當然，這還沒有包括人壽保險在內。

還有什麼比這個更真實呢！

這次談話就這樣告一個段落了。之後，他們一起到館子裡去吃夜飯，然後再到一個僻靜的地方坐下來，繼續他們的談話。現在，該輪到周小姐說她自己的了。

她是一個聰明的女人，因此她故意把自己說得「怪」一點，迎合莫之安先生的興趣。最後，她模仿他的口吻，直截了當地說：

「所以，我想和你結婚！」

莫之安先生陡然燃燒起來，但是有吳小姐的前車之鑑，他正色地問道：

「妳不會去割雙眼皮吧？」

「為什麼？」她叫起來：「我本來就是雙眼皮呀，而且，有些時候還是三眼皮呢——難道你沒有看出來嗎？」

莫之安先生聲明自己是近視眼，而且不願戴眼鏡。但他接著又問：

「那麼眼睫毛呢？」

「你摸摸著！」

他並沒有伸手去摸。

「當然，」她故意說：「照一般的標準，我的身材比較差一點，但並不大壞，三十、二十、三十二。」她眩惑地笑了。「這個遲早你總會知道的！」

數字的本身，就包含有真實和可靠的意義，莫之安先生用不著再考慮，便馬上作了決定：結婚。

由於莫之安先生和周小姐都是「真實主義」的信徒，所以婚禮非常簡單。他們既不請客，也不收禮，兩個人住在一起便算了；因為結婚證書並不能保證愛情的真實，婚姻的意義，只是一個男人和一個女人生活在一起而已。

結婚的那一天早上——他就是「談判」的第二天，莫之安先到周小姐所住的女子公寓裡，用兩部三輪車把她和她的衣物一起搬回自己的宿舍，然後到長沙街買了一張雙人床；這天晚上，兩人到一家比較實惠的小飯館去吃晚飯，還特意的喝了兩杯酒，表示慶祝。

當他們帶著三分醉意回到「洞房」時，一進門，莫之安先生便抑制不住內心的激動，緊緊的把周小姐抱著。

「沒有什麼比我們這樣更真實了！」他喃喃地低喊道。

周小姐並沒有躲避……

總而言之，新婚之夜的樂趣，並不是四十年來從沒有接觸過女人的莫之安先生所能想像的，他彷彿飄浮在一個虛幻的夢裡……

當他醒過來，新娘子已經起來了，大概是到盥洗室裡去。莫之安先生甜蜜地反轉身體，隱隱的嗅到她遺留在枕上的髮香；當他閉起眼睛，開始回味昨夜的溫柔時，他的手在枕下忽然觸到一些東西。為了好奇，他輕輕的把它們拿出來……

天！他馬上想起來，她昨夜為什麼不許他開燈，和不許他撫摸她的緣因。原來那是一隻特製的乳罩和一條緊連在內褲上的義臀——最虛假的東西！

莫之安先生驟然有被侮辱的感覺，他霍然在床上坐起來，擺出一副挑釁的姿態，瞪視著通向盥洗室的門。

盥洗室的門終於開了。

當他看見這位世界上最虛偽而醜陋的周小姐——不，現在應該叫莫太太了——披著薄薄的睡衣走出來時，他鄙夷地睨望著她，然後緩緩的舉起手上的東西，當他張開嘴，正要用世界上最惡毒的語句去詛咒她時，他忽然覺得嘴裡有點涼颼颼的感覺，而且像是缺少了點什麼似的，他用手一摸，才猛然記起，他睡覺的時候，是習慣把假牙取出來的——雖然那是一副在他奉行真實主義之前裝配的假牙！

四十九年二月七日

潘壘全集18　PG1150

新銳文創
INDEPENDENT & UNIQUE

魚・漁・愚

——四十前集

作　　者	潘　壘
責任編輯	陳思佑
圖文排版	周妤靜
封面設計	王嵩賀

出版策劃	新銳文創
發 行 人	宋政坤
法律顧問	毛國樑　律師
製作發行	秀威資訊科技股份有限公司 114 台北市內湖區瑞光路76巷65號1樓 電話：+886-2-2796-3638　傳真：+886-2-2796-1377 服務信箱：service@showwe.com.tw http://www.showwe.com.tw
郵政劃撥	19563868　戶名：秀威資訊科技股份有限公司
展售門市	國家書店【松江門市】 104 台北市中山區松江路209號1樓 電話：+886-2-2518-0207　傳真：+886-2-2518-0778
網路訂購	秀威網路書店：http://www.bodbooks.com.tw 國家網路書店：http://www.govbooks.com.tw

出版日期	2015年6月　BOD一版
定　　價	250元

國家圖書館出版品預行編目

魚. 漁. 愚：四十前集 / 潘壘著. -- 一版. -- 臺
北市：新銳文創, 2015.06
面；　公分. -- (潘壘全集；PG1150)
BOD版
ISBN 978-986-5716-56-1(平裝)

857.63　　104003893

讀者回函卡

感謝您購買本書，為提升服務品質，請填妥以下資料，將讀者回函卡直接寄回或傳真本公司，收到您的寶貴意見後，我們會收藏記錄及檢討，謝謝！如您需要了解本公司最新出版書目、購書優惠或企劃活動，歡迎您上網查詢或下載相關資料：http:// www.showwe.com.tw

您購買的書名：______________________________

出生日期：________年________月________日

學歷：□高中（含）以下　□大專　□研究所（含）以上

職業：□製造業　□金融業　□資訊業　□軍警　□傳播業　□自由業

□服務業　□公務員　□教職　□學生　□家管　□其它_____

購書地點：□網路書店　□實體書店　□書展　□郵購　□贈閱　□其他

您從何得知本書的消息？

□網路書店　□實體書店　□網路搜尋　□電子報　□書訊　□雜誌

□傳播媒體　□親友推薦　□網站推薦　□部落格　□其他__________

您對本書的評價：（請填代號　1.非常滿意　2.滿意　3.尚可　4.再改進）

封面設計____　版面編排____　內容____　文／譯筆____　價格____

讀完書後您覺得：

□很有收穫　□有收穫　□收穫不多　□沒收穫

對我們的建議：______________________________

____

____

____

請貼
郵票

11466
台北市內湖區瑞光路 76 巷 65 號 1 樓
秀威資訊科技股份有限公司 收
BOD 數位出版事業部

（請沿線對折寄回，謝謝！）

姓　　名：____________　年齡：______　性別：□女　□男

郵遞區號：□□□□□

地　　址：____________________

聯絡電話：(日) ____________ (夜) ____________

E-mail：____________________